心是一切温柔的起点

愛をこめて生きる

周志燕　译

渡边和子

日日是好日

时代出版传媒股份有限公司
北京时代华文书局

图书在版编目（CIP）数据

心是一切温柔的起点 / （日） 渡边和子著 ; 周志燕 . -- 北京 :
北京时代华文书局 , 2016.5
ISBN 978-7-5699-0893-0

①心… Ⅱ . ①渡…②周… Ⅲ . ①随笔－作品集－日本－现代Ⅳ . ① I313.65

中国版本图书馆 CIP 数据核字（2016）第 080171 号
北京市版权著作权合同登记号 图字 01-2015-3927
愛をこめて生きる
AI WO KOMETE IKIRU

Original Japanese edition published by PHP Institute, Inc.
This Simplified Chinese edition published by arrangement with
PHP Institute, Inc., Tokyo in care of Tuttle-Mori Agency, Inc., Tokyo
through GW Culture Communications Co., Ltd., Beijing

心是一切温柔的起点

著　　者 | ［日］渡边和子
译　　者 | 周志燕

出 版 人 | 杨红卫
选题策划 | 陈丽杰
责任编辑 | 陈丽杰　许昭文
封面设计 | 熊　琼
内页设计 | 段文辉
封面人物 | @ 茶画家桃桃
责任印制 | 刘　银　訾　敬　范玉洁

出版发行 | 时代出版传媒股份有限公司 http: //www.press-mart.com
北京时代华文书局 http: //www.bjsdsj.com.cn
北京市东城区安定门外大街 136 号皇城国际大厦 A 座 8 楼
邮编：100011　电话：010 - 64267955　64267677
印　　刷 | 北京京都六环印刷厂　　010 - 89591957
（如发现印装质量问题，请与印刷厂联系调换）
开　　本 | 880mm×1230mm　1/32
印　　张 | 7
字　　数 | 200 千字
版　　次 | 2016 年 9 月第 1 版　　2016 年 9 月第 1 次印刷
书　　号 | ISBN 978-7-5699-0893-0

定　　价 | 39. 80 元

渡边和子的话

1.聪明的女子都拥有“切断感情”的强大力量。这是一种虽拥有丰富的感情但不沉溺于其中，并懂得如何进行恰当处理的能力。

2.靠自己的力量达成某事时体会到喜悦，完全不同于在得到别人的娇宠时体会到的喜悦。这种不同，或许可以说成是，只知道讲隧道前的光明的人，与在走过漫长的黑暗后终于看到隧道那头光明的人的不同。

3.拥有很多物品的人，未必就幸福。

4.一期一会，指在一定的期限内对某事、物（人）只有一次相遇、遇见的机会。当然，生而为人的我们，不可能在面对每一件琐碎小事时都拥有“将某事当作第一次、

所谓“雅性”，即优雅的“雅”，与粗野、粗俗等完全没有关系。与此同时，即使是特意摆出一副优雅的样子，它也不是种做作的行为，而是一种可以催生出内心从容的美，是内心高贵的表现。

唯一一次、最后一次”的紧张感。

5.“正因为麻烦，才要去做。”这种表达方式或许会让人觉得奇怪，但只有反复这么做，我们才能收获“美丽”。

6.同时拥有体贴别人且不迷失自我的强大与优雅，是女性具有魅力、拥有财富的体现。

7.在“别人看得见”的地方，我们可以看到花的率直一面，而在“别人没看见”的地方，我们可以窥见花的强大。正是这种平衡，创造出了美丽的稳定性。花的这种姿态体现了并非不理睬他人的评价，而是不拘泥于他人评价的自立之美。

8.保持幽默感，不是回避现实，当你同时拥有一双清醒睿智的眼睛与一颗如实接纳他人和自己的温厚的心时，幽默感才会出现。

9.“花的生命是短暂的，而人世的苦难却是漫长的”。为了绽放光芒，我们必须燃烧自己，而想要燃烧自己，我们必须经历“疼痛”和“痛苦”。

10.艺术花、塑料花，无论多么好看，都不美丽，是因为只有有限的生命才惹人爱、招人怜惜。

11.不到60岁，有些事就无法明白。

所谓真正的知性，其实是指一种睿智。拥有这种睿智的人不仅懂得区分什么重要、什么不重要，能排出优先次序，还知道“通过努力可以改变的东西”与“必须心平气和接受的东西”的区别。我认为，这种睿智即平衡感。

什么可以和别人说，什么应该藏于心中，什么可以表露出来，知道其中的分寸并在应批评时控制住感情的行为，可以说是内心不随波逐流、从容淡定的表现。

12.柔和和谦卑，正是我缺少的东西。

13.实际上，时间的用法，即生命的活法。

14.心中念想，花就开放。

15.夜幕将近。对已逝去的过去，说声“谢谢”，对即将来临的未来，说声“好”！

16.每个人都是重要的存在。

目录

序
心是一切温柔的起点，内心充满爱的生活

近几年，我心中想得最多的是“时间的用法”。我觉得，人的一生，不过是众多“此刻”的累积，而人生是否充实，并不在于它的长度，而在于它的密度。

所谓“时间的用法”，也就是生命的活法。我开始意识到“人生的质量与时间的用法有关”，或许也是因为我已到了思考“余生”的年龄吧！

有这么一句话：若没有爱，无论做了多么伟大的事，也等于零。反过来我们可以说，若我们能将爱倾注在小事上——无论多么小都没关系，便是值得尊敬的人。

从接到去冈山赴任的指令到现在，不知不觉间已有27

在工作中，无论男人还是女人，都需要具备能力、效率意识、客观意识和正确意识。

个年头。这是一段我只顾忙着“伐木”而无暇“看斧头”的岁月。从今以后，我想让自己拥有更多审视自己的时间，我想以一颗充满爱的心过好每一个“此刻”。

“在人生的终点，我们留下的不是我们得到的东西，而是我们付出的东西。”

每次读杰拉尔·乔德里（Gérard Chaudry）的这句名言，我都大受鼓舞。因为每当我因眼前的利害得失而心慌意乱，这句话就会告诉我“有信念地活着的重要性”及“坚守自己内心所认定的生活方式的价值”。

你是否幸福以及你的人生是否丰富，都与你心中是否有爱有关。疼爱自己的人是幸福的，重视身边人的人也是幸福的。若你还能为了那些生活在遥远国度的生活困苦之人、需要我们的关爱和疼爱的素昧平生之人，以一颗充满爱的心过好每个“此刻”，那你一定能收获更大的幸福。

本书收录的文章均为过去3年间他人委托我写的文章，篇篇写于忙碌之时。愿读过本书的人，内心充满爱的生活。

在我看来，世上最有力量的一个词便是——温柔。

不到60岁，就有些事无法明白。

平静之美，从容之美

知性、雅性、安稳性的女性招人喜欢

就像“百人吃百味”这句谚语说的一样，我觉得招人喜欢的女性，别人可能不这么认为；招异性喜欢的女性，也可能被同性厌弃。以这一点为前提，我总结了知性、雅性、安稳性这三点特性。

知性（持有平衡感）

聪明的女性优于愚蠢的女性，这没错。但是，我们不能断言说，学历高的女性优于学历低的女性。之所以这么说，是因为知性并不是学历的同义词。所谓真正的知性，其实是指一种睿智。拥有这种睿智的人不仅懂得区分什么重要、什么不重要，能排出优先次序，还知道“通过努力可以改变的东西”与“必须心平气和地接受的东西”的区别。我认为，这种睿智即平衡感。

平衡感是我们处理事情时必须具备的感觉，这自不用说。与此同时，它还是人际关系中不可欠缺的安全阀门。就像开车时只有保持适当的车间距才能既安全又快速地行驶一样，如果在人际关系中不持有可称之为“人间距”的距离感，就会有突然起冲突或被追尾的危险。而知性指的便是这种使距离不过远也不过近、根据对方反应和形势随时调整距离的睿智。

人偶尔可以撒撒娇，但不可过度。虽说将儿童时代被允许的撒娇行为一直保留至成人时代，并不是件好事，但如果不会在合适的时候撒撒娇，有时反而会让人觉得过于死板。每当想起生前的母亲，我就想：“要是母亲能和嫂嫂撒撒娇就好了。”这种想法不知出现了多少次。我的母亲是一位以“不麻烦别人”为座右铭和骄傲的明治女性。但是，无奈的是，一过了80岁，母亲的体力就大不如以前。我常常想，体力不行但性格依然好强的母亲，其晚年生活该多么寂寞。

别人是别人，自己是自己，我想永远按照自己内心所决定的生活方式生活。

即使是年轻人，也最好拥有一颗柔软的心，懂得接受别人的好意。尤其是女性（这么写，可能受到女权论者的批评），更不应过于摆架子，在领会别人的意思后，还是适当撒撒娇为好。

但是，撒娇不可过度。也就是说，我们不能总是接受别人的好意。这个时候，是否拥有人际关系中的平衡感觉就显得至关重要。

我一直认为人的魅力就体现在两极之间的紧张及其平衡之中。就像老人拥有充满孩子气的感动、年轻人身上有一股让人意想不到的成熟味道一样，在“一直承蒙您照顾”的柔软态度中，也藏着随时说“即使不再给予照顾，也无所谓”的强大。在这股强大之中，不仅有紧张感、新鲜感，而且，还有看似依赖他人，实则即使抽走外力也无所谓的心中打算。过度撒娇的人，是把整个身体委托给对方、完全依靠对方的人。或许有的男人希望自己的心爱女孩是这样的人。但是，你必须知道，这种程度的撒娇，很可能会在不知不觉间成为对方的沉重负担。

聪明的女子都拥有“切断感情”的强大力量。这是一种虽拥有丰富的感情但不沉溺于其中，并懂得如何进行恰当处理的能力。让人觉得悲伤的事情、让人觉得遗憾的事情……我们通常需要依赖各种各样的经验生活，而她们却想直接感受其中的滋味。但是，总有因一直“玩弄”感情而无法站起来的时候，而这只不过是平衡感略有欠缺的表现而已。毕竟无论是谁，都没有权力因自己不快活而让别人的生活陷入一片黑暗之中。

雅性（保持一份从容）

或许日语中并没有“雅性”这个词。所谓“雅性”，即优雅的“雅”，与粗野、粗俗等完全没有关系。与此同时，即使是特意摆出一副优雅的样子，它也不是一种做作的行为，而是一种可以催生出内心从容的美，是内心高贵的表现。

在某小学的同学会上，发生了这么一件事。在小学毕业近50年之时，曾经在同一班级一起学习、一起吵闹的同学，都各自走了一条完全不同于别人的道路。在这些人之中，既有已成为大使夫人的人，也有毕业后一直在农村务

生活在这个世上，我们必须拥有几大人生信条，告诉自己哪些可以让步、哪些绝不可妥协。

只有年少时拥有年轻，是件可惜的事。

农的人。当西餐的全部菜品上齐后，大家开始聊得越来越起劲。水果被端上来的时候，为洗手而准备的洗指钵也同时放在了一旁。看到装着清水的亮晶晶的银器端上来后，在农村住了有50年之久的那位同学，从容地端起洗指钵，将里面的水一饮而尽。在大家都紧张地看着她的时候，坐在她旁边的大使夫人，一声不响地端起洗指钵，将里面的水喝尽。我想说，那个时候的夫人真美！而这种美，正是我们说的雅性。这虽然是一种有反礼仪的行为，但它符合当时的“礼法”，是为不让对方蒙羞而突然做出的体贴之举，是优雅的最佳表现。

“想引人注目”可以说是当下年轻人的一大特征。想要引人注目，其实并不需要穿奇装异服、戴古怪的首饰。现在，最能引人注目、且能给人留下好印象的是，以优雅的姿态示人——优雅这种日本女性的特性正在逐渐消失。不论是提倡男女同权，还是颁布男女雇用机会均等法，都是好事情。但是，我希望大家记住：只有温和的微笑、美丽的语言、若无其事的关怀、彬彬有礼的举止、知道害羞的谨慎态度，可以让女性变美、变得招人喜欢——这一点

比初次相逢更重要的是，不断地以新的姿态与同一个人相逢。

所谓谦逊，是指既不是把自己看得过高，也不是把自己看得过低。

从古至今都没有变过。

世阿弥（译注：日本室町时代初期的猿乐演员与剧作家）在《风姿花传》（译注：由世阿弥创作的能剧理论书）一书中曾提到："秘则为花，无秘则无花（译注：意思是不要将一切都袒露无遗，没有完全表现出的地方反而会吸引大家的兴趣和好奇心）。唯知其中区别，方可成重要之花。"正如这句话所言，女性想成为人见人爱的花朵，必须披上神秘的面纱。就像肉体的过分外露已不再吸引众目一样，精神层面的魅力现如今也只存在于"持有隐藏物"的人身上。什么可以和别人说，什么应该藏于心中，什么可以表露出来，知道其中的分寸并在应批评时控制住感情的行为，可以说是内心不随波逐流、从容淡定的表现。

我经常和学生说："正因为麻烦，才要去做。"这种表达方式或许会让人觉得奇怪，但只有反复这么做，我们才能收获"美丽"。

脱鞋后将鞋摆放整齐；为后面进来的人按住门；与人打招呼的时候，即使觉得麻烦也要摘下手套、拿下围巾，有时甚至要脱掉外套。做这些事，你虽然得不到一分钱的好处，

在人生的终点，我们留下的不是我们得到的东西，而是我们付出的东西。

“余暇”取“日间”之意，指“日光射入之时”。

但是你将逐渐蜕变成为招人喜欢的人。礼节不是形式。它是在你的意志与避难就易的肉体进行一场斗争后，你收获的胜利果实。在你与自己激烈斗争后，被称为“雅性”的这种特质，便成了你的战利品。在斗争结束、日暮降临的时候，你将感受到从未体验过的“平静之美”“从容之美”。

当你带着这份平静和从容微笑的时候，你的微笑对别人而言往往具有“疗伤”的功效。

如果 你无法像期待中那样
得到他的微笑
与其不开心 不如
你先对他微笑
因为 实际上
最需要你对他微笑的是
那些忘记微笑的人

大约在20年前收到的这首小诗，曾数次拯救内心陷入颓废泥潭的我。与其说这首诗的意思是，我们既不可卷入对方的步调中，也不可让自己降至对方的水平，倒不如说，它想告诉我们，同时拥有体贴别人且不迷失自我的强大与优雅，是女性具有魅力、拥有财富的体现。

安稳性（自立）

“我可以不成为某个谁”，这种认同自己存在的安稳感，是我们具备安稳性的基础。被按照利用价值标上“价码”，并为售价稍高于别人而开展竞争，是求职前线常见的现象。不仅如此，如今在婚姻大事上，人们也以这种方式开展竞争。可以说，正是偏差值教育的实施，使我们成了在不断与人比较中才能找到自我价值的人。这样的我们，在将别人看成与自己不同的人之前，往往先将他视为“威胁自身价值的存在”。

在我的心中 不开别人的花
在别人心中 不开我的花
在我心中 开放着我的花
日渐枯萎的花……

看似微风都可以将花瓣吹落的
脆弱的花
尽管如此 它是一朵
依然努力地绽放自己的 脆弱的花
我想 用这样的花 装点生活
（矢泽宰）

确实如此。我们“想用来装点生活”、“想放在近旁”的花，是靠自己的力量使之绽放的花，而不是打着如意算盘、靠别人之手使之绽放的花，也不是在与其他花比较下显得高等或低等的花。这是一朵因知道不久将凋零而拼命在“当下”绽放的花。有句诗叫“心中念想，花就开放”，我一直带着不可思议的感动，将“念”理解为“今之心”。

不要为明天忧虑
因为明天自有
明天的忧虑
一天的难处
一天当就够了

如花朵般不与他人比较、只在所处之地一个劲儿地绽放自己的女性，才是真正知道爱自己的女性。爱自己并不是利己主义的体现。它与利己主义正好相反。利己主义者，因为只爱迷人的自己，所以总是意识到他人的存在，总是想把自己放在他人之上。而真正爱自己的人，因为对自己的存在心怀爱意，所以无论是做幕后英雄，还是被放在背阴处，她最关心的事都是“绽放”自己，而不是与人做比较。这样的人，便具备了心怀自立感的安稳性。

别人看见也好

没看见也好

我 都在绽放

在“别人看得见”的地方，我们可以看到花的率直一面，而在“别人没看见”的地方，我们可以窥见花的强大。正是这种平衡，创造出了美丽的稳定性。花的这种姿态体现了并非不理睬他人的评价，而是不拘泥于他人评价的自立之美。

艾瑞克·弗洛姆（译注：美国人本主义哲学家和精神分析心理学家）曾说："独处能力，是具备爱人的能力的条件。"正如他所言，想要具备安稳性，我们必须拥有忍耐孤独的强大心理。而锻炼孤独忍耐力的最佳方法是，让自己永远"喜欢自己、爱自己"。

虽然奥尔波特（译注：美国人格心理学家，现代个性心理学创始人之一，美国人本主义心理学家的代表人物之一）将幽默定义为"笑你所爱的东西并能一直爱下去的能力"，但在我看来，边客观地审视自己（审视无论怎么看都笨拙的自己、连自己都厌烦的自己），边将自己视为人世间不可替代之人的自爱能力，才是幽默的正确阐释。这是一种让自己成为受欢迎的人的能力。女性与"喜欢的人"在一起时表现出来的开朗和热情，是她们具备安稳性的秘密武器。

让同性写"讨人喜欢的女性"是件困难的事。因为写着写着，我们便会或陷入自我厌弃的泥潭中，或不得不写下一些对好友的偏见、"如果像我这样，就会如何"的劝说语等。

正如前文以"百人吃百味"开头的那段话所言，人与人各不相同，而且正因为不同，社会才能形成并一直存在下去。“破锅配破盖”“既有舍弃你的神，也有眷顾你的神”等日本的古语，也表达了存在不同的合理性。但是，无论多么不同，知性、雅性、安稳性都是最大的公约数——我已分别用平衡感、从容感、自立感阐释了这三者。

或许不边想着“我要成为受欢迎的人”边生活，才是我们应该做到的最重要之事。虽然我们也没必要抱着“想被人讨厌”的想法生活，但最好不要持有想让所有人都喜欢你的想法。因为迎合众人的结局是“迷失自我”。

某位钢琴家曾说：

“我弹钢琴，既不是为了自己，也不是为了听众。因为我是对着天弹的。”

听到这句话，或许你会觉得意外，但受欢迎的女性，往往是按照以上这种生活方式生活的人。这种女性，既不是只为自己而活，也不是只为别人而活，而是面向天空，边接受上天的“目光”，边怀着感恩之情过好每一天。希望大家都成为这样的人。

每日精进，加油

回首自己走过的六十年人生路，我觉得我已慢慢地从女性“陈旧”的生活方式中走出来。我生在军人家庭，在生于明治的母亲的培育下，与两个哥哥一起成长。在成长的过程中，我经常能听到像“女孩应保持沉默”“女孩应保守”“身为女孩，应……”“因为你是女孩，所以应……”之类的话。在家中就餐时，肯定是父亲和哥哥坐在上座，母亲和我坐在下座；吃鱼时，肯定是男的吃头部，女的吃尾部。在这种环境下成长的我，自然也认为这些都是理所当然的。

爱读书的哥哥，常常把小说借给我，让我说读完后的感想，可每次我都是什么都不说。因为我没有自己的想法，就算有，也不知怎么把它表达出来。而且对于从14岁到18岁一直在战争中度过的人而言，既没有必要，也没有闲暇表达自己的想法。为此，哥哥还曾多次用急躁的语气对我说：“和你说话真没意思。”

我的母亲虽然只是小学毕业，却是一个高明、努力的人。她参加宫中活动的机会很多——有时是父亲工作的需要，有时是为了和上流人士交往，在这个过程中，她让自己变成了具备不输于任何交往者的素养的新式女性。

可能是母亲觉得幼时丧父的我有必要接受教育吧，我一小学毕业，她便让我去当时唯一的一所女子专门学校学习。中途虽然遇到战败，但认为“今后英语是必备技能”的母亲，在抚恤金和补助被中断、生活困难的情况下，依然坚持让国语专业毕业的我，再次进学校学习英语。不仅如此，当学校被转为新制大学后，她还让我在那继续攻读学业。

在拥有如此非凡判断力和决断力的母亲的支持下，我接受了长达7年的高等教育。也就是在此期间，在与很多人的接触中，我掌握了女性的新型生活方式。

新制大学是一个比起“顺从”更需要“选择”的地

方。虽然也有诸多限制，但我们不仅可以选择教学计划的制作方法，还可以在学生自治会感受身为学生的自由和责任。我们一届学生只有三十名，也可能是学生少的缘故吧，老师会叫每个人的名字，会向每个人征求意见。我周围的同学，有很多都有国外生活经验。当看到他们活跃地发表自己的意见，清楚地说“是”或“不是”时，胆怯的我先是惊讶，之后便慢慢有了改变。

后来因为家中经济不太宽裕，不打工无法继续学习，我便在上智大学的国际学院找到了一份和英语有关的兼职——这也是为了让自己跟上需要用到英语的课程。当时，国际学院设有以被称为占领军的美国军人、文职人员及其家属为教学对象的夜校，这对正好可以在白天学习的我而言，是一份很难得的工作。

我在与这些美国人接触的过程中，不仅英语进步了，还见识了各种各样的人。在这些人中，有个性活泼的女性，有光明正大地说出自己的意见和权利的女性，也有尊重女性的男性。在与他们的接触中，我渐渐地明白，在与人聊天时，不可保持沉默，应有逻辑地回答别人的问题。

我的上司，是一位美国人。我觉得，是他把我培育成了拥有独立人格和自己名字的女性。做事情十分有条理的他告诉我，在工作中无论是男人还是女人，都需要具备能力、效率意识、客观意识和正确意识。没有因为你是女人而多加照顾，从相反的角度来看，即意味着没有轻视你。

在这里，他不仅让我意识到，认为因为自己是“女人”，就不能做什么，就不应该被要求做什么，是错误的想法，还经常要我回答“你是怎么想的”“为什么这么想”“根据是什么”等问题。这些都是长到二十二岁的我从未有过的体验。得益于他的培养，我开始以“全新”的形象、作为拥有名字的人生活。虽然作为一个拥有独立人格的人生活在社会中，也有相应的艰辛与不易，但我收获的喜悦远远多于艰辛。

这里也是一个培养平衡感的好地方，他们让我意识到，哭泣必须要有哭泣的理由，不高兴也必须要有相应的理由；工作中虽然不允许犯一个错误，但我们不仅应接受凡是有缺点的人都会犯错这一点，还应在有人犯错时给予相应的照顾和关怀。

大学毕业后，我接着在这个地方，为同一个上司工作了五年。别人对我上司的评价是：虽是一位神父，但工作能力远超普通人，当神父太可惜了。拥有这么高评价的上司，当时还在上智大学兼任国际学部长和财务部长等职。而我，自然而然地，也要负责部分会计工作。

还需要做秘书类工作的我，当时忙得不可开交。上司看我忙不过来，就告诉我“要优先处理着急的工作”。他还告诉我，想要做到一点，必须具备一定的判断力和意志力。因为它并不是指先做你喜欢的工作、有趣的工作，把你讨厌的工作、费事的工作推后处理，而是指先判断什么事必须做，然后凭借你的意志力去执行——这是具有独立人格之人的应有状态。

我的上司既是一位职场人士，也是一位优秀的修道者。他每次制定的计划等材料，都需要先给区长过目。每次他都是在经过反复思考后，才让我写下并提交上去。每次计划被区长驳回，他都是以十分平淡的语气和我说：“区长说不行。”他的这种恪守身为修道者的顺从本分的纯洁姿态，给我留下了深刻的印象。这是一种与盲从完全不同、以人格自由为前提的服从姿态。

在这个工作单位，我觉得我待得很舒服，做的工作也很有价值。但在这工作的第八年，我已经29岁，一个重大的选择正在等着我——是结婚，还是进修道院，或者继续这份工作。当时，上司建议我：

“制作一张资产负债表，将好处和坏处分别列出来。选好处最多的就行。”

他告诉我，在人生中还有很多未知的好处和坏处，在将所有当时能想到的好处和坏处列出来后，我应根据这些材料客观地、冷静地下判断。此外，他还说，由于选择其中一个，就意味着要舍弃其他可能性，所以我应意识到自己的责任之重。我想，上司说这些，其实就是想教我如何以一个具有独立人格的人生活在社会中。

在经过这个思考过程后，我最终选择了修道生活。在修道生活中，要说我没有迷茫，那是假的。但是，由于它是我经过深思熟虑后做出的选择，所以我想得很开。

进修道院一年半后，我突然被单独派往美国。在美国的五年间，在美国人的世界里，我学到了完全不同于之前的“新”生活方式。一言以蔽之，这是一种持有自己的意见、倾听他人的意见、忠实于真理的生活方式。在这个“女孩应沉默”“不可多嘴多舌”“含而不露才是美”等日本式想法行不通的世界，没有自己意见属于失格行为，不发表自己的意见会被人认为你是阴险之人。而且，不发表自己意见的人在生存竞争中，很可能会遭到惨败。在这样的环境中，我不得不让自己有信念地活着，让自己具备发表以自我信念为基础的意见的能力。

这是一个看完有趣的电影或有趣的书必须说出“哪里有趣、怎么有趣”的社会。在这个社会，由于女人在日常生活中和男人一样谈论政治、经济、社会问题，所以凡是女人都需具备思考的能力、选择的能力，凡是新型女性，都需为拓展兴趣、加深认知而不断努力。

做一个新型女性，绝不是说要舍弃日本自古以来的女性优点，而是要在保持这些优点的基础上，做一个具有独立人格的人——旧式女性或许只知道服从，并对服从深信不疑吧！

众多可贵的相逢，让我见识了具有思考能力和选择能力、会对自己的决断负责的新型女性的生活方式。感谢生命中的这些相逢。每日精进，加油。

“今之心”,“心中念想，花就开放”

周六的傍晚，我有时会发出“啊，好幸福”的感叹。想着第二天是周日，没有什么是必须要做的事，不仅可以看看之前一直想看的书，还可以在打扫好凌乱的房间、收拾好物品、洗好衣服后，熨熨衣服、擦擦鞋。在这么想的时候，我的心里总能涌现满足感。当然，这种幸福感一到了周日的傍晚就会迅速消失，内心的状态也会变为“战前准备状态”。尽管它的存在时间是如此短暂，我还是觉得能因一点小变化而产生满足感是一件值得高兴的事。

或许其他人也有这样的感受吧：比如，当我要把用完的牙膏扔掉的时候，我有时会因为“可以用新的了”而十分欢喜。肥皂用完后也是如此。不过，只有将东西慢慢用完后——没有掺杂想尽快用完的想法，心中才会涌现这种满足感。

我记得以前上学的时候，我有过这样的经历：考试临近的时候，特别是考试期间，我便把所有注意力都集中在考试上，平时既不梳妆打扮，也不整理房间，而当考试结束后，我在梳整发型、收拾房间的时候，往往可以体会到比平时多数倍的满足感。这个时候，母亲总是露出一副想说“又开始了”的表情，对我的变化假装视而不见。

最近，“激”这个字被用于各大场合，如“激写（译注：意指拍摄激动人心的照片）”、“激安（译注：意指特别便宜）”等，我喜欢“充满激情地生活”这种说法。这是一种可以让自己彻底掏空的生活，它既不会让你做事半途而废，也不会让你安于现状。而且，掏空自己之后的充电时光也是一段幸福的时光。我想让自己注重“今”（译注：日语中的“今”有“此刻”之意）这个瞬间，活在当下。写下“今之心”（译注：“今之心”意为“此刻的内心”）这三个字后，你若发现“今”和“心”正好可以组合成“念”字，你便能理解“心中念想，花就开放”（译注：日本佛教诗人坂村真民的诗）这句话的真正含义。若不重视“今”，花便不会开。若你在“今”这个瞬间敷衍生活，那么下个瞬间你也会接着敷衍，而这样的结果是，最终你很可能只能虚度一生。重视“今”这个瞬间，不是说每一瞬间都紧张地过，而是在该放松的时候尽情地放松，放松之后以“今”为界限好好地生活。

所谓小小的幸福，即当你完成自己要做的事情时——可以是任何小事情，你能体会到的幸福感。

前年，我得过一次感冒，这次感冒从10月中旬一直拖到次年4月份才好。有一天坐出租车的时候，出租车司机建议我：“泡完澡后，可以试着用冷水泡泡脚。”我对这个建议半信半疑，但为了避免再次为长达半年的感冒而烦恼，我还是认真地做了，而且现在也一直坚持着。此外，还有每天早晨五点起床后必做的冷水摩擦，我也是一天不落地坚持着——这也是我“性格倔强”的证明吧！可能是因为这个原因吧，今年得的感冒没恶化便痊愈了。当给自己安排的“修行”结束之时，我都会觉得“今天也完成了，真高兴”。我之所以会这么觉得，或许也是因为我已上了年纪的缘故。

在人的一生中，能称之为大幸福的瞬间屈指可数。虽然结婚当日两人拥有散发着明媚光芒的幸福，但在这之后的日子绝不是幸福的继续，而是平平凡凡的开始。在这期间你是否幸福，其实与你能否懂得创造让自己感叹“啊，好幸福”的机会密切有关。

因为麻烦，所以做吧

我常常和学生说这句奇怪的话：“因为麻烦，所以做吧”。“因为麻烦，所以作罢”才是符合正常逻辑的说法，而这句话的意思是，因为觉得“啊，真麻烦”，所以才要去做。比如写感谢信、打招呼、擦洒在地板上的水、为厕所换一卷新手纸等事，正因为你觉得麻烦，才应马上去做。这些事虽然做起来非常简单，也不会占用太多时间，但却也是我们很难去做的事。

至于为什么很难去做，原因主要有两个。第一，因为我们天生有爱偷懒、喜欢避难就易的倾向。第二，因为我们有“即使我不做，也有人做”的自私想法。此外，还可能是因为，我们从未在做完麻烦事后体验到

“小小的幸福”。

如果我们想成为比现在“更强”的人——哪怕只强一点，我们就必须具备克服偷懒思想的精神力、意志力，舍弃“不劳而获”的想法。这也是我们常常感叹“活着不易，想好好活更不易”的原因所在。

我常说的“因为麻烦，所以做吧”，其实是“正因为做起来很难，才必须去做”这种想法的最常见表达。

边品味小幸福边活着的生活，并不是指众人皆围着你说“恭喜恭喜，真不错”的生活，而是指你拥有很多从心底感觉“真好”的瞬间的生活。而这种你感觉“真好”的瞬间，只有在你的精神力打败肉体欲望、做“真正的自己”时才能拥有。

有时候，我会想：“为什么我必须吃这样的亏？”对于不公平的事情，从年轻的时候开始，我便比一般人敏感。当我努力做到公平却被他人不公平对待时，我会非常愤怒。

刚进入修道院时，我也是这样，和以前相比，没有什么大的改变。当我看到积存在厨房的含水垃圾、应拿到焚烧炉焚烧的堆积如山的废料时，我的内心便会开始挣扎。

我心想："为什么非我去不可，也可以让其他修女做啊！"最后定下来还是我去时，"不公平、不讲理"的粗俗想法便会从我的心底涌现。或许你会说"没必要为这样的小事计较"，但在当时的我看来，人的一生就是由无数件这样的小事组成的。

其实，事情若从相反的角度思考，便容易让自己接受。所谓"从相反的角度思考"，即当你在做觉得"自己吃亏了"的事情时，可以试着问自己"如果我不做，我能得到什么好处"。当我去扔垃圾的时候，我觉得我吃亏了。但如果我对垃圾视而不见，不去扔垃圾，我又得到了什么呢？这样一想，就会庆幸"幸好当时扔了"。这种庆幸的感觉其实就是一种悄悄从心底涌现的小小的满足感、幸福感。

人不可因他人而降低自己的水准，我深切地意识到了这一点。若真因他人水准低而降低了自己的水准，自己岂不太过悲惨？别人是别人，自己是自己，我想永远按照自己内心所决定的生活方式生活。虽说做每件事总有得失之分，但杰拉尔·乔德里（Gérard Chaudry）曾这样说道：

"在人生的终点，我们留下的
不是我们得到的东西，
而是我们付出的东西。"

八木重吉（译注：日本诗人）在他的诗中，如此叙述他积极创造幸福的秘诀：

我想像上帝一样宽恕世人
我愿用胸口温暖世人投来的憎恨
待它绽放花朵后
我要把花朵献给上帝

无论是有意的，还是无意的，我们一直在被迫接受别人的好意、恶意。不把"世人投来的憎恨"原封不动地送还的人，以及不将更大的憎恨投给别人的人，都需要一颗强大的内心和一个高贵的灵魂。正如"用胸口温暖世人投来的憎恨，待它绽放花朵后，要把花朵献给上帝"所言，这位拥有信仰的诗人一直在默默接受他人投来的"混杂物"，并努力使之变为美丽的东西——花。可以说，这是一个接受异物并在自己的体内将其变为无价珍珠的过程。

在进修道院之前，我过着华丽的生活。在我的身边，我总能看到宝石的身影。在众多宝石中，我最喜欢的是母亲用自己腰带上的装饰品为我制作的珍珠戒指。但这个我拥有很多回忆的戒指，在我进修道院前，便已经被我送人了。

我对宝石的迷恋，即使是成为修道者的今天，也未有一丝改变。改变的是，如今想戴在身上的“珍珠”，不是装饰在宝石店的珍珠，而是将侵入我生活的“异物”用胸口温暖后在心中形成的珍珠。

在这个物欲横流的社会，我们往往会因只顾着追求眼睛看得见的东西，而将它的多寡视为衡量幸福的标准。

希望大家记住这一点：麻烦的事、你讨厌的事、你觉得只会让你吃亏的事，实际上是制作装饰我们人生的珍珠的最贵原料，是让心中涌现可丰富我们生活的小幸福的基础。

愈忙碌，愈要自省

生活于20世纪的英国科学家兼哲学家惠特罗，是国际时间学会的第一代会长。他在《时间及其性质》一书中，讲过一个关于时间的有趣故事。虽然这个故事也可以当作一个笑话来看，但这其实是一个引人深思的故事。

故事是这样的：某俄罗斯诗人在伦敦旅行，不怎么擅长英语的他，原本想问路人“现在几点”（What time is it），却问成了“什么是时间”（What is time）。我们不难想象，当突然被一个素不相识的外国人问“什么是时间”这个深奥的问题时，那位英国绅士该有多么困惑。

这两句十分相似的英文，看似只是语句上稍有些不同，实际上是思考立场完全不同的两句话。仔细想想，我们当下正是生活在一个“人人忙碌”的社会中，忙到我们只关心“时刻”，而无暇思考“时间”本身。

据说现在JR（译注：日本铁道公司集团的英文名称简写）新上市的橙色卡（译注：一种磁性预付卡，1985年3月25日开始贩卖，2013年3月31日终止出售）十分畅销。它之所以畅销，除了卡片更容易携带外，据说还有一个重要原因：用零钱买票平均需花费21秒的车票，用该卡买只需7秒。虽说至今从未出现过因14秒之差而赶不上列车的人，但当今毕竟是一个“以快为美德”的社会。

那么，通过这种方式节省下来的时间是否可以让人们的生活更加丰富呢？答案却是“未必”。让人觉得讽刺的是，以这种方式节省时间，只会让“大忙人”、只想着不断节约时间的“急性子”越来越多。

这个事实，早在四十多年前，安东尼·德·圣艾修伯里就在《小王子》中阐述过。在《小王子》中，他让从小星球来到地球的小王子说了以下这段话：

“那些人（地球上的人），他们往快车里拥挤，但是他们却不知道要寻找什么。于是，他们就忙忙碌碌，来回兜圈子……”小王子接着又说：

“这没有必要……”

实际上，我们也会在心中嘀咕“这没有必要”。但与此同时，我们总是像被什么追着赶着似的营造自己很忙的氛围，也是不可否认的实情吧！或许大家也是想通过营造自己很忙的氛围，逃避寻找“应该寻找的东西”吧！

在一天之中，我通常是在校内坐电梯的时候，花一点时间思考我“应该寻找的东西”、审视自己的内心——你或许会觉得奇怪。换句话说，坐电梯的时候，对我而言，是摆脱被“几点几分”催着的生活，重新回到“什么是时间”这个思考立场的好机会。

电梯原本就是一种只要按下按钮便会自动关门把我们送到目标楼层的设备——只要不出故障。某一天，我突然发现自己刚按下楼层按钮，就去按“关闭”按钮。为了测量从按下目标楼层到电梯自动关门的时间，有一次我拿着可以计算秒速的电子表坐电梯，而最后得出的结论是“只需4秒”。

决定不再按“关闭”按钮到现在，已有两年多。我想成为“可以等待4秒的人”。可能是心理的作用吧，某些日子我会觉得浪费这4秒很可惜。当我觉得可惜时，这便不仅仅是4秒时间的问题，而是连4秒都等不了的“自己”的问题。

于是，在那个呈小箱状的电梯中，在这4秒里，我开始思考“什么是时间”这个问题。我想，如果说我们觉得这微不足道的4秒时间“无所谓”也是生活态度的一种，那么，思考如何过好这短短4秒的生活态度，最终不是也会对“生命的活法”产生深刻的影响吗？

《大言海》（译注：日本国语辞典，《言海》的增补改订版。著者是大槻文彦）对“余暇”一词的解释是这样的：“余暇”取“日间”之意，指“日光射入之时”。对于只知道“余暇”二字的我们而言，这种解释十分新鲜。

在紧凑到连太阳光射入的间隙都没有的日程安排中，我们在不知不觉间都成了珍惜每分钟、连4秒都等不了的人。而这也是“忙”写成“心亡”的原因所在。

时间是公平的，无论是健康的人还是身患疾病的人，无论是有钱人还是穷人，每一天都是24小时。在这24小时里，我们不可因忙得只有空关注“时刻”而忘了审视自己的“内心世界”。

在电梯中等待关门的4秒时间，对我而言，是无比宝贵的“余暇”。

愈忙碌，愈要自省

为了抓住美好的相逢

“A型女生与O型男生十分投缘哦。还有啊……”

听女大学生们聊天，我发现，在她们眼里，缘分这东西，就好像是血液和星座完全可以决定一样。

人与人之间确实存在天性上是否投缘一说，比如我们既有总觉得很喜欢的人、合得来的人，也有总觉得讨厌、合不来的人。但在我看来，人与人之间，并非所有交往都与缘分有关。

在毕业生中，有一名与学生时代一直交往的对象结婚不久便离婚的学生，其离婚的理由是“性格不合”。因为投缘才能相处那么长时间的两个人，为什么会分道扬镳呢？有时想想，我觉得很不可思议。其实，我们身边也有很多只见过一两次就结婚、现在依然过着幸福生活的例子。

我觉得，人与人的交往，并非两人投缘就可以相处好。如果没有“调和力”，且不付出努力，最终还是无法相处好。遗憾的是，现在的年轻人不一定擅长“调和”人与人之间的关系。

我所在的大学的学生宿舍，冷暖气设备齐全，房间有一人间和两人间两种类型。据宿舍负责人说，最近申请住一人间的学生占绝大多数，现在已不能像以前那样随机分配两人间，需要采用分配前先由合得来的两个人提出申请的方式。而且，即使是采用这种方式分配两人间，住在两人间的两个人也会因一点别扭而无法忍受彼此，并最终向学校提出搬到附近的公寓中居住的申请。我有时会替她们的未来担心，心想：“连短短一年的同屋生活都无法忍受，那需要数十年在一起的婚姻生活又会如何呢？”

由于兄弟姐妹少，一起玩耍的朋友也屈指可数，所以他们并不习惯与和自己“不同”的人接触。这是当下年轻人缺乏“调和力”的原因。此外，以“想让孩子自由成长”为理由，一味地“配合”孩子的家长，实在太多了，也是一个重要的原因。当未养成“调和力”便长大的他们走入社会，必然会遇到生活习惯、行动方式以及意见与他们不同的人。当他们必须和这样的人交往时，他们往往会不知所措。一直自由成长的他们，在这个时候，必定会深切体会无法与人调和的不自由感。

于是，以血型等为基础的“缘分说”便登场了。因为对于不擅长调和关系的人而言，婚姻生活或共同生活的成败，可以说不是因为“人”，也不是因为“努力与否”，而是因为“命运”，因为“星相”。

有一个女孩结婚了，但总是和婆婆合不来，动不动就起冲突，每次回到娘家，她总是发牢骚。某一天，一直听女儿发牢骚的父亲，突然起身来回开闭房间的拉门两三次。之后，坐下来和女儿如此说道：

“那扇拉门，你也看到了，现在拉起来十分顺滑。但刚盖好这个房子的时候，无论怎么调整，它都无法顺利开闭。虽然也有人提议‘不妨将门楣削去一点’，但我最终选择将最后安上的拉门削去一点。在那之后，开闭拉门一直很顺滑。”

听完后，女儿说道：

“爸爸，我明白了。我一直认为是婆婆（门楣的构造）不好，所以总是发牢骚，却忘了我自身（拉门）应主动与门楣调和这件事。”

后来，这个女孩过着十分圆满的家庭生活。

在人人以互相坚持己见为美德的今天，在门楣、拉门正在不断远离家庭的今天，或许这个故事并不易被大家接受。可是，就像这个故事所说的那样，所谓“个性”，即在经过“自我判断、削去应削去的部分、留下不可削去的部分”等一系列“操作”后，才能被逐渐创造出来的个人特质。把一切交给被称为“缘分”的现成品，合得来合不来都以此为依据，是只有懒人才能做出的事吧！

在两个合不来的人之中，谁成为“拉门”是关键。只要双方都说“对方不好，只要对方改变，就……”，事情就不会发生任何改变。可以说，最先踏出难以踏出的一步的人，就是具备真正勇气的人。

无论是夫妇、恋人，还是挚友，对你而言，都是“他人”。只要是“他人”，无论你们多么合得来，你都应该意识到这一点：他（她）与自己不同才正常，如果没有什么不同，倒有些反常。换句话说就是：我们应舍弃对“缘分”的绝对信仰，承认并尊重与对方之间存在的“距离”，细细体味因“距离”产生的孤独感。

我对血型、星座等不太了解，也不想详细了解。与其说我不相信血型、星座，还不如说，在我看来，认为人的一生由这些与生俱来、来自遗传的东西支配，未免太过抬高它们的地位。

因为我觉得，调和力是上天赐予我们的其中一种卓越能力，依靠这种能力，我们可以不把自己的幸与不幸交给他人和命运。碰巧遇到合得来的人，我们过上了幸福的生活，而如果遇到的是合不来的人，我们便陷入了不幸之中。如果这样，我们岂不是和被操纵的木偶一样太过悲惨？幸福是自己创造的，美好的相逢只能靠自己去抓住。

我想起了出自C.S.刘易斯之手的《四种爱》中的一节内容——其标题是“为了抓住美好的相逢”。刘易斯在这本书中，将爱分为慈爱、友爱、情爱、仁爱等四种。在说到友情时，他如此叙述道：

与你共同拥有某些东西的一个人、两个人，或者三个人，会成为我们的朋友。在这种类型的爱中……问“你爱我吗”，其意思是“你看到了相同的真理吗”，或者至少是想问“你对同一真理关心吗”。

接着，他如此断言道：

一无所有的人无法与人共同拥有什么东西。哪儿都不去的人无法遇到同行者。

只是袖手旁观、坐着等待的人，无法遇到好的伙伴。同样地，让连本来面目是什么都不知道的“缘分”负全责，不努力与人调和关系的人，或许连“缘分”都会失去。只有共同拥有刘易斯说的“真理”——拥有共同关心的事、想一起行走的积极意志和努力，美好的相逢才可能出现，只有在相互谦让的时候，真正的“缘分”才可能被创造出来。

我们没必要从一开始便和“总觉得很喜欢的人”“合得来的人”亲近，更没必要将这类人选为结婚对象。即使你选择的是最初你觉得“合得来”的人，在长时间共同生活的过程中，你也会遇到让你意想不到的难事。重要的是，我们不可迷信地认为，只要有缘分，不用努力也一定可以与他（她）顺利相处。反之也是同理，我们不可因想当然地认为“和他合不来，绝对相处不好”，而懒于为调和关系付出努力。

“相逢”是一个美好的词，多数场合，它指的是与对方的初次邂逅。我们常常说：“如果没有在那个时候和那个人相逢，就没有今天的我。”话虽如此，但比初次相逢更重要的是，不断地以新的姿态与同一个人相逢。如此一来，双方便不会对彼此习以为常。可以说，这是一种持有一期一会的精神准备和紧张感的状态吧！

不论是在对方的身体中，还是在自己的身体中，都存在可以称之为“未知的我”的未知部分。当我们不忘这一点，并一直以新的姿态真诚地与人相逢时，就会在意想不到的时候收获“美好的相逢”。

血型、星座等，已是不可改变的东西。虽然并不是说我们应忽视它们，但我们不应将它们作为衡量是否合得来的标准。当我们对每个人所持有的神秘性持有敬畏之情时，当我们重视每一个新相逢时，不可替代的、由两人创造的“缘分”才开始存在于你我之间。

其实，当有人要求让身为修道者的我就“恋人、夫妇、男女之间的缘分”发表看法时，我也曾犹豫过。之所以犹豫，是因为世间的很多人都认为“修道者是因为抓不住美好的相逢，才选择修道院生活的”。

年轻时，我也和很多男孩交往过。在交往的过程中，我没有找到我想与之共度一生的人，最后却因与基督“相逢”而选择了修道生活。在修道院生活，并不是说只需与基督“投缘”即可，还需与其他活生生的修女打交道，而且在职场上也需经历与众人是否投缘等问题。在有两个人以上的地方，并且人与人之间需要某种程度的交往时，肯定存在“合得来、合不来”的问题。

希望你每天都带着感动，以新的姿态对待每天都会遇到的人。希望你依靠每个人都具有的“一起生活的力量”“调和力”好好生活。

人都会老去，而我想漂亮地老去

萧伯纳（译注：爱尔兰剧作家，1925年诺贝尔文学奖获得者）曾说：

“只有年少时拥有年轻，是件可惜的事。”

不认为这么说是种强辩并深有同感的人，或许都是已经到达某个年龄、已思考过“年轻”的意义的人吧！

有一幅描写今年的成人仪式的漫画。在漫画中，初高中生眼中的新成人已是“中年人”——据说人一旦到了五六十岁，就会被称为“祖先”“化石”。说得真过分啊！

有时候，由于他人的缘故，我不得不重新审视自己的年龄。

大约是前年夏天吧，我被邀请参加纪念毕业20周年的同学会。在会上，我收到了一束由红白玫瑰组成的花束。在我随意说了一句“谢谢”后，学生代表说：“其中红色的玫瑰是提前庆祝您迈入花甲之年。”老实说，听到这句话时，我十分惊讶。每年都会迎来18岁的年轻学生入学，一直都在和相同年龄层的学生接触，如此日复一日，我便忘了自己的年龄在不断增长这码事。“在一年数个月后我即将迎来60岁生日”这件事，我连想都没想过。

年岁增长绝不是一件让人开心的事。被指派前往冈山上任的那年夏天，我35岁。屈指一数，那已是25年前的事。虽然很多事正因为年轻才能办成，但我也因此做了很多过于幼稚、深感惭愧的事。世上毕竟有太多不上岁数就无法明白的事。

人都会老去，而我想漂亮地老去。老年人经常被人形容为“老而丑陋”，我觉得也可以用“老而美丽”这个词来形容。“老而美丽”，与其说是具有半老徐娘般美丽的姿态，还不如说是一种具有年轮之美、心灵不起皱纹的生活姿态。

创办大冢学院的大冢末子，现已是85岁高龄的老人。但她现在依然以容姿端丽的形象活跃在各大场合。以下是她说的话：

“虽然随着年龄的增长，皱纹增多、皮肤衰老、视力听力下降等现象，都无法避免。但自己可以坚守住‘永远挺直后背’这一点。”

想做到这一点，绝非易事。这是与想避难就易的自己开展的一场永不停息的斗争。这应该是把年轻视为理所当然的年轻人连想都没想过的事吧！但是，谁都会面临不努力就无法保持“年轻”的时候。

“今天”这个日子，对于从母体中出来已有60年的自己而言，是最年老的一天。但是，今后的每一天都不会比今天更年轻。因此，也可以说，对自己而言，今天是自己“最年轻的日子”。当我这么想的时候，“今天”便显得格外珍贵。于是，“今天”便成了作为“恩赐”存在的一天，而不是我作为权利理应享受的一天。

这么想着想着，我便不由得想起来了萧伯纳说的“只有年少时拥有年轻，是件可惜的事”这句话，很不可思议吧！

人生不言弃

祝贺各位同学今天毕业。你们是在这个新落成的纪念馆参加毕业典礼的第一批人，也是在我校庆祝建校40周年这个值得纪念的年份毕业的学生。

从你们在不知蒜山（译注：横跨冈山县真庭市北部和鸟取县仓吉市南部的火山）的方位的情况下参加开学典礼的那一天起，不知不觉间4年的时光就这么过去了。从明天开始，你们将不允许继续持有学生的依赖心理。因为正在前方等着大家的是一个不可有依赖心理的社会——在社会中，是学生就会被宽容以待的依赖心理，只要依靠老师便会有办法的依赖心理，通通不适用。

有人曾和我讲过这么一个故事：他前往山中拜访许久

不见的朋友。有好多话要说的他们，越谈越起劲，都未注意到外面的天色。不知不觉间，天色变暗，而且因为是山里的缘故，突然间天气大变，风雨大作。他心想："自己许久才来一次，总能留我住一个晚上吧！"但是，对方完全没有留他的意思。于是，他对朋友说："天色已晚，我马上回去吧！"听完这话，朋友没有挽留，甚至连一句"我送你到山脚吧"都没有说。

他打开玄关的格子门后发现外面一片漆黑，就说了一句"好黑啊"，结果朋友只说了一句"天黑，回去路上要小心"，连手电筒都没给他。他只好在一片漆黑之中，连滚带爬地下到山脚。

到了山脚后，雨也停了，风也平息了，皎洁的月光倾洒而下。就在这时，他发觉自己在舍弃依赖心理之后产生了一股新的力量，并体会到了难以言说的清爽感。

这虽是一个人的体验谈，但其实我们都有他的这种心理：即使不能留我住一晚，至少应该送送我吧；即使不能送我，至少应让我带着照明灯走吧。而当依赖他人的想法一一被拒绝，连自己也舍弃最后的依赖心理时，一条大道就会意外地出现在我们的面前。靠自己的力量达成某事时体会到的喜悦，完全不同于在得到别人的娇宠时体会到的喜悦。这种不同，或许可以说成是，只知道进隧道前的光明的人，与在走过漫长的黑暗后终于看到隧道那头光明的人的不同。

这一年，或许你们既有因写论文或找工作受阻而依赖老师、得到老师帮助的时候，也有因无法依赖老师而感觉难受痛苦的时候。当某人为我们伸出温暖的手时，我们可以直接接受并感谢对方的帮助——做到这一点很重要。但是，当你一直以为他会帮助自己，一直指望别人的援助，却得不到帮助时，如果因此而恨他，便是错误的行为。我们大学之所以对你们开展人格教育，就是为了让你们知道你们每个人都是这个世上独一无二、无可替换的存在，让你们体会作为一个拥有独立人格的人应该体会的孤苦和痛苦。

我们大学注重全面综合教育，以培育自由人为目标。正如字面所示，所谓“自由人”，即“由着”自己过完人生的人。我们不想让你们成为人生“由着”他人支配、依赖他人的人。 我们希望你们成为自己体味幸与不幸所带来的孤苦、痛苦以及喜悦的人。

有一位名叫维克多·弗兰克尔（译注：奥地利心理学家）的人，关于人类的自由，曾如此写道：

“所谓人的自由，并不是指可以免于诸多条件限制的自由，而是指在面对这些条件限制时，人有决定自己存在状态的自由。”

不能像上帝那样无所不能的我们，只能在诸多条件的限制下生存。在我们之中，甚至有的人出生时就背负着无法逃避的条件。今后你们也必须在各种条件下生存，必须面对各种人、各种环境，而且还可能会遇到意想不到的疾病和灾难。与这些条件做斗争并排除它们的限制，是件重要的事。可当你们无能为力的时候，面对这些条件，你们该怎么办？该如何接受它们？这个时候你们可以自由地选择“怎么办”“如何接受”，而这也是证明你们是自由人的最好证据。

在刚才大家拿到的毕业证书中，夹着一张小卡片，上面写着以下这段祷告词：

上帝，请赐予我平静，去接受我所不能改变的；请赐予我勇气，去改变我所能改变的；并请赐予我智慧，去辨别什么可以改变，什么不能。

请大家不要为想改变却无法改变的条件而挣扎痛苦，也不要因单凭勇气改变不了经过不懈努力才能改变的条件而痛苦，请大家养成接受不能改变之事的平和心态，鼓起勇气去改变可以改变的事。这是即将在严酷的条件下生存的你们，必须具备的内心姿态。当你们心底涌现依赖感的时候，以及发觉是自己的依赖心理在作怪的时候，请诵读这一小段祷告词，以低头祈祷的谦虚之态祈祷上帝赐予你们辨别“什么可以改变”“什么不能改变”的智慧。

如同往年我们送走的毕业生一样，请大家也不要说“再见”。把你们每个人送走的时候，我们只想说一句“慢走”。在这个狂风呼啸、偶尔会陷入一片漆黑之中的社会中，请大家“慢慢走”。我们按捺住想伴你们同行的心情，不给你们手电筒便把你们送走。之所以这样做，是因为在迄今为止的4年时间里，老师们已把拥有独立人格的人的生活方式传授给你们，凡是拥有独立人格的人都知道如何做正确的判断，如何做出更好的选择。此外，还因为，你们在圣母清心女子大学学习的这4年，无论你们的能力如何，你们已经学会如何得到上帝的爱、如何爱“重要”的自己，你们已经知道自己的价值，知道生活中应重视他人、抬高他人的价值。即使你们认为你们已被全世界的人抛弃，你们也要做一个永不放弃自己的人。人生不言弃。

我们学校的创立者圣母朱莉（St.Julie Billiart），无论条件多么恶劣，无论自己多么痛苦，都从来不忘微笑，不忘说“上帝是多么好啊”这句话。她是真正的自由人。你们作为她的女儿，在今后不可再有学生的依赖心理的人生中，也绝不可忘了微笑。请你们好好应对人生各个阶段的困难，继续按照自由人的步调走下去。

我们的大学，一年四季都开着漂亮花朵，而且从窗口便可以看到一到秋天即变成金黄色的银杏。这令人无比怀念。既然我们边说“慢走”边把你们送出学校，那么我们也可以向大家承诺，我们会一直等着你们回来说“我回来了”——无论何时都可以回来。

一日一生，活在这珍贵的人间

拥有很多物品的人，未必就幸福。这是我在巴西内陆的贫困地区旅行时收获的体会。一个收到一支便宜圆珠笔的小孩子，如同收到宝物一样，边将它紧紧握在手里，边飞奔回家。这个孩子的脸上显露出了日本孩子已失去很久的高兴表情和幸福表情。

可以说，日本人对待便利生活的态度，也和许久未露出高兴表情和幸福表情的日本孩子一样。虽说便利、舒适和金钱物品一样都是好东西，但一旦这些成为“理所当然的东西”，没有它们时，它们便会成为大家发牢骚、抱怨的对象。自动门、电梯、扶梯等，便是说明这一点的最好例子。在手动开门、走着上下楼梯的时代连想都没想过的不满和抱怨，如今正在社会中横行。

我们周围有的是想自己用手开门却开不了的人、想自己上下楼梯却走不了的人，而我们却忘了拥有健全手足的可贵，常常因觉得麻烦而讨厌使用它们。或许我们必须时不时地提醒自己“所谓‘可贵’，即难得拥有的意思”。

有一句川柳（一种诗歌形式，音节与俳句同样是17个音节）是这么说的：父母和金钱，切勿以为一直都会在你的身旁。其实，不会一直在你身旁的不只是父母和金钱，还有生命以及你生命已走过的每一刻。除了这句川柳以外，一期一会（译注：一期一会，指在一定的期限内对某事、物、人只有一次相遇、遇见的机会。通常此“一定期限”特指某人一生的时间，也就通常解释为一辈子只有一次的际遇）也表达了人与人相逢的可贵。这种可贵源自“或许无法与他再次相见”的危机感，对于无法保证明天是否活着的我们而言，“一期一会”的想法绝不夸张。

当然，生而为人的我们，不可能在面对每一件琐碎小事时都保持这种心境。但是，我还是希望自己在生活的每个阶段都能拥有“将某事当作第一次、唯一一次、最后一次”的紧张感。以一日一生的心态，活在这珍贵的人间。

有人曾和我说："请以失败一次后重新再来的心情过好每一天吧！"俗话说，人生不可重来。正因为如此，所以他才会说"请把今天当作重新再来的机会好好生活"吧！让我们一直以"正式表演"的心情，以"再无以后"的紧张心情生活吧！

有一个初产便难产但最终死里逃生的毕业生，在给我寄来的贺年卡中，如此写道："我们全家三口人要认真地过好接下来得每一天。"这应该是只有实际体会过生命的分量和短暂的人才能说出的话吧！我举这个例子，并不是说大家都有必要经历这样的危险，而是说，我们有必要意识到"这样的危险实际上与我们今天的生活并非无缘"这一点。毕竟不论谁都不能保证今天不是最后一天。

当我们将这不可替代的一天视为珍贵的一天并不再抱怨时，小小的幸福便会从我们的心底涌现。为此，我希望自己在生活中多留意身边已存在的"可贵的东西"。希望自己无论是看日出日落、挂在空中的明月、星光闪耀的星空，还是看发出鸣啭声的小鸟、一盆花草，都能怀着一颗感激之心。实际上，面对星光闪烁的星空——即使星空中出现了数十年才出现一次的星星，我们别说怀有感激之情了，甚至连看一眼的欲望都已在不知不觉中丧失殆尽。

这也是其中一名毕业生在经历长期病床生活后写给我的一封信。他说：“终于得到了外出许可，当我在隔了好久之后再次走在地面上，我内心充满了感激。在今天的我看来，所有普通的东西都散发着光芒。”

“看所有普通的东西都闪闪发光”，实际上，这才是我们收获小小的幸福的秘诀。高价宝石、貂皮大衣、奢华的住宅和车，我们身边也应该有因拥有这些原本就闪闪发光的东西而觉得幸福的人吧！但是，拥有这样的宝物，也伴随着失去的危险和被盗的担心。

既不会被盗走也不会毁于火灾中的宝物、无须和他人比较的自己特有的宝物、在平凡的生活中熠熠发光的宝物，其实是你那看所有普通的东西都闪闪发光的“眼神”，你那颗恭敬地将所有东西都视为宝贝的“心”。

即使我们说人的幸福与这个人在生活中是否拥有热爱的东西，是否拥有视为宝物的东西息息相关，其实也不为过。

真正的爱，并不是指你为谁都能爱上的东西付出的爱，而是指在别人谁都不屑一顾、谁都认为没有价值的东西上，你所倾注的爱。

小小的幸福，就存在于你不断深化这种爱的过程中。

不如意时应视之为平常，如意时应心怀感恩

正如“金钱和幸福都没有尾巴”这句西方谚语所示，幸福具有抓不住、不知不觉间便会溜走的特点。

或许这么说比较难懂，但实际上，人能成为人的其中一个条件便是“不能一直幸福”，不幸的影子多少都会投在人的生活中。

我的母亲在17年前，以87岁的高龄离开人世。我记得母亲在生前总是说我“你以为你是什么大人物”。这是一句告诫我的话，其意思是“你究竟把自己当成了谁”。大多数时候，当我因人生不如意而怒气冲冲、焦躁不安时，母亲便会这么说我。

生活在这个世上，你不可能事事如意。从小听着“不如意时应视之为平常，如意时应心怀感恩”长大的我，一直觉得自己是幸福的人。正因为如此，我才能从徒劳无益的痛苦中解放出来。

生活在这个世上，你越认定“人生应该如何如何”，你越不自由。比如“家人应该温柔地对待我”，“上司应该理解我的立场”，“他们应当感谢我”，等等。当你心中拥有很多“应该”，而事实又与之相悖的时候，你的痛苦也会随之增多。

如果你这么想：“家人要是能温柔地对待我，那是最好不过的了”，“如果上司能理解我，那是我意外的收获”，“如果他感谢我，我深感荣幸”，你的内心便会变得自由，变得出奇地轻松。因为最后你会发现，你所认定的应该如何，乍一看是坚持自己的主张，实际上它的实现很大程度上都依赖于他人。

“但是，我做了一件值得被感谢的事，所以被感谢也是理所当然的。”或许你也有想强调对方不领情的时候。其实，我并不是没有这种体验。但是，我想说的是——接下来说的可能有些令人费解，所谓人的自由，不就是指既可以这么想、也可以那么想的自由吗？换言之，你既有自由选择坚持自己的想法——这样的结果是，你变得不幸，也有自由选择以“如果他感谢我，我深感荣幸”的态度对待身边人。

你或许会说：“但是，选择后者就吃亏了。”我有时也会这么想。每当这么想的时候，我便会比较这两大损失的轻重：应被感谢而没被感谢时受到的“损失”，与因此一直心神不宁而受到的“损失”。

要是我，首先，我会让自己接纳前一种损失。在愤怒、委屈等情感都一一体会后，我会转念一想：“因这点小事而整天闷闷不乐，我可受不了”。于是，我便会这么告诉自己：“如果能听到他的一声谢谢，当然是最好不过了。但我也没必要因没被感谢而变得心神不宁。”

你或许会说这是在自己骗自己，这是一种消极的行为。但是，社会绝不是能让你称心如意的地方，与其一直为那人那事纠结，还不如主动让自己从中解放出来——从精神健康的角度考虑，这一选择不知有多么好。

生活在这个世上，我们必须拥有几大人生信条，告诉自己哪些可以让步、哪些绝不可妥协。在教学生的时候，为了让他们不忘了说感谢的语言，我一直告诉他们“要善待他人”。与此同时，我还告诉他们：“如果因为自己善待他人便觉得应一直被人感谢、被善待，便是大错特错。我们得想想‘你究竟把自己当成了谁’这个问题。”

为了坚守自己心中的想法，我们虽然可以为此拼命，但是世上很多东西不都是即使让步也无所谓、没必要拼命抓住不放的吗？

减少你心中认定的“应该”，绝不是一种“敷衍自己”的行为，也不是一种让你变得没有魄力的行为。这么做，其实是为了让自己不浪费能量，尽量少把能量花在没用的地方上。在这个过程中，你会边逐渐接受世间的各种“不合理”——被无礼对待时的心情、不被理解的苦恼、被伤害的痛苦等，边将这些视为“生而为人的条件”。

我们不可能拥有没有“零头”的人生。我们应注意到，我们因“人生除不尽”而忍受的痛苦，正在成为我们不为人知的心灵伤口和心理包袱。

并不是“什么大人物”的我们在绞尽脑汁后选择的幸福与不幸，本身就带有一定的局限性。九条武子（译注：日本教育家、和歌诗人）曾写了这么一首诗：

被抱着却不知道　愚蠢的我

反抗着　推开那双大手

正如这首诗所言，在日常生活中，我们把很多时间都花在了对“这双大手”的反抗上。知道被抱着并从不反抗，这或许可以说是有所信仰的表现，但明知被抱着却时而谋反、时而忘记被抱着的事实，也是做抗争的人们可以拥有的姿态。不过，在明白即使反抗也无用后，我们就应该放弃徒劳无益的抵抗，果断地举起“白旗”。而这也正是一种人们在弄明白“自己身份”后好好生活的证明。

请为餐桌上的会话多花些精力

曾有个美国女孩对我说：

“日本女人会花时间准备食物，却不怎么为餐桌上的会话做准备。”

我觉得说得很有道理。

记得刚入修道院的时候，我每天都为如何与人交谈而烦恼。当时，我虽然与多名修女生活在一起，但每天过着单调的生活——既不能看报纸，也不能与外面的世界接触。在这单调的生活中，我们在餐桌上谈话总是提不起劲，我也因此深刻体会到了其中的痛苦。

不是一个人侃侃而谈，或有人说应景的话，就能称之为“会话”。想要开展一场会话，谈话者之间必须有共同关心的话题。此外，如果没有与投接球练习相似的“你一句我一句”，会话也无法成立。

与只会倾听的人谈话，没有意思。而与只是单方面说自己想说的话的人谈话，会话也无法成立。

正如英语中的“conversation”含有“面对面”的意思一样，会话中必须有人把某些信息反馈回来。它与投接球练习的不同之处是，投接球练习是同一个球在练习者之间来回穿梭，而会话则是一边接住对方的“球”，一边把自己的“球”投回去的过程。

保持幽默感，是我们在会话中不可忘记的。保持幽默感，不是回避现实，当你同时拥有一双清醒睿智的眼睛与一颗如实接纳他人和自己的温厚的心时，幽默感才会出现。

在过去，人们都说“女人的话题仅限于一里之内”。但现在已不同于以往，现在已不用像以前那样花很多时间准备饭菜。因而，女性完全可以为准备餐桌上的会话多花些精力。

愿你的生命充满美丽和良善

谦逊，尽量保持单纯

很多人都认为，所谓“谦逊”，即给自己低于自身水平的评价。其实，并非如此。

谦逊是真理。它是我们“按照映在上帝眼中的自己”生活的姿态。因为我们映在上帝眼中的姿态，没有半点作假，是原原本本的自己，所以我们不难理解“所谓谦逊，是指既不是把自己看得过高，也不是把自己看得过低”这种说法。

擅长弹钢琴的人，如果说“我不会弹钢琴”，这不是谦逊，而是撒谎。不是笨蛋的人说“我是笨蛋”，也是同理。如果是因为期待对方说“怎么可能呢，你是很聪明的人”，才特意说“我是笨蛋”，则性质更加恶劣。

就像出自某人之手的作品不断说自己“做得不好，不好看”，是对作者本人的高度失敬一样。

谦逊即真理。谦逊，尽量保持单纯。

我们内心需要的东西
都不在眼睛所及之处

父母热心于教育，不仅有社会地位，经济条件也很不错。乍一看，这样的家庭毫无缺点。但是，他们家的儿子（高中生）却是一名家庭暴力实施者。父亲想不通儿子为何会变成这样，有一天，向儿子问道：

“从你出生至今，只要是你想要的东西，爸爸妈妈都给你买了，只要是你想去的地方，都带你去了。家里不缺任何必需品。你到底是因为缺少什么而如此胡闹？”

儿子嘟囔了一句：

“但是爸爸，我们家没有宗教。”

我想儿子说“没有宗教”未必指家里没有像佛教、神道、基督教等有教义的宗教。他想说的是:“爸爸、妈妈,你们的生活不是一直以‘物’‘人’为中心吗?我想要的是,在‘物’之上、在‘人’之上的东西。”

开口闭口都是“钱”“物”的家庭,不仅将与他人作比较视为衡量生活的唯一标准,而且事事都讲排场。这样的家庭即使看起来非常完美,也无法满足孩子们内心的需求。

在《小王子》一书中,当来自小星球的王子,看到地球人在庭院里中了5000株玫瑰却“不知想要什么”时,他非常惊讶。他说,虽然自己在小星球中只有一株玫瑰,但从心底爱这株玫瑰,内心也因被玫瑰爱着而变得十分充实。接着,他还说了这样一句话:“重要的东西,眼睛看不到。重要的东西,如果不用心灵的眼睛看,就看不见。”

如果内心只关注眼睛可以看得到的东西,过分在意物品的多少、分数的多少,我们就会忘了真正重要的东西。我们应记住,我们内心需要的东西都不在眼睛所及之处。

孩子们内心所渴望的是与他们一起思考“人为何而生”“学习的意义是什么”“什么是真正的幸福”等问题并为之烦恼的父母和老师,是边对超越“人”的存在持有敬畏之情，边怀着感恩之心生活的谦逊者。

希望大家将“我家没有宗教”作为说给自己听的话，重新审视今天的生活。

带着爱，向着光亮那方

单靠食物无法生存，是真的吗？在饱食时代依然有很多自杀者，或许就是最好的证明吧！

有一天，有位学生来访，刚坐下，就边把信递给我边说：“请您读一读。”我打开后，看到了这封字迹潦草的信：

“每天仅仅是为吃而活着，因此，没有成长的痕迹。没有什么是我觉得重要的东西，因此，即使哪天死了，我也无所谓。我是一个拥有大量的金钱和时间却不会好好利用的人。像我这样对什么都无动于衷、空虚无聊的人，世上找不出第二个。”

头脑聪明、家境富裕的这位学生，虽刚刚二十出头，面部却像是四十岁的状态，灰暗而毫无生气。

我问他：“世上哪怕只有一个人重视你，你还会死吗？”他的回答是：“不会。”

我接着说：“我就是那个人，所以请不要去死。去死之前，请事先和我说一声。”

这位学生，现在依然为我活着。但是，他看起来不太幸福。虽然别人的安慰和鼓励确实有些作用，但如果本人没有切实感受到“有人重视他”这一点，一切都是徒劳。因为别人绝不可能一天到晚不停地和他说“你对我而言是很重要的存在”。

于是，“自我肯定”便成了比面包更能激活我们生命活力的东西。

犹太人马丁·布伯，是一位主张“只有在‘我与你’的关系中，人才能活出自我”的哲学家。他在列举“人为什么要存在”的理由时，如是说道：“每个人都是作为前无古人、后无来者的‘新个体、独特个体’来到这个人世。如果有与你一样的存在，你就没有必要来到人世。”

可以说，我们每个人从出生开始便是极其独特的存在。我们都拥有唯自己才能完成的独特使命，都是边付

一期一会，指在一定的期限内对某事、物（人）只有一次相遇、遇见的机会。当然，生而为人的我们，不可能在面对每一件琐碎小事时都拥有“将某事当作第一次、唯一一次、最后一次”的紧张感。

生命有洁净和向上的高级意识。

出唯自己才能给予的爱，边履行度过仅限一次的人生的义务。

山本有三（译注：日本剧作家、小说家）在《路旁之石》中，让老师对因小升初考试失败（译注：按原书记述，吾一不能上中学是因为家境贫困，而非考试失败）而想要卧轨自杀的少年吾一说了以下这番话：

“‘吾一’二字，是‘唯我一个’的意思，即世界上唯有一个‘我’的意思。……是世上唯一的你，怎么能在火车开过来的时候，干出吊在桥下的蠢事呢……”

接着，老师还说了这句话：

“今后，无论遇到什么情况，也不能不活着，不能不为自己活着。唯有一个的自己，又只有一次生命，要是不能很好地活着，人的出生还有什么意义呢？”

谁都想让自己的人生绽放光芒。想要绽放光芒有两个方法。其一是，让聚光灯对准自己。这种光芒来自外界。其二是，让自己从内而外发出光芒。可以说，所谓从内而外发出光芒，也就是指靠自己的力量让唯自己才能使之开放的花绽放。带着爱，向着光亮那方吧。

日本诗人林芙美子曾说：

花的生命是短暂的，而人世的苦难却是漫长的。

为了绽放光芒，我们必须燃烧自己，而想要燃烧自己，我们必须经历“疼痛”和“痛苦”。即使是拥有众多苦难的生命，即使是短暂的生命，只要让生命之花开放了，便有存在的价值。而且正是因为生命短暂，正是因为苦难多，我们才要绽放出生命之花。花很美，是因为它的生命十分短暂，因为它坚强而勇敢；艺术花、塑料花，无论多么好看，都不美丽，是因为只有有限的生命才惹人爱、招人怜惜。

正因为生命短暂而有限，所以我们才必须在这期间绽放自己。从内而外绽放光芒的人，都需要具备“爱”这样东西。因为“爱”可以让我们意识到自己是重要的存在。

世上有太多孤独的人。他们对生活失去了自信，并正在体会活不活都一样的精神孤独感。修女特蕾莎称之为“世界上最糟糕的疾病”的这种人类疾病，即使投入巨额研究费用，即使将世界屈指可数的聪明人聚集在一起研究，也无法合成出可治疗这种疾病的特效药。

因为可治疗这种疾病的特效药，是“爱”这种眼睛看不见的宝贵东西。只有当有人用心和你说“你是重要的存在”，并自己也相信这一点时，它才能发挥作用。

我喜欢“充满激情地生活”这种说法。这是一种可以让自己彻底掏空的生活，它既不会让你做事半途而废，也不会让你安于现状。而且，掏空自己之后的充电时光也是一段幸福的时光。

边品味小幸福边活着的生活，并不是指众人皆围着你说“恭喜恭喜，真不错”的生活，而是指你拥有很多从心底感觉“真好”的瞬间的生活。而这种你感觉“真好”的瞬间，只有在你的精神力打败肉体欲望、做“真正的自己”时才能拥有。

今天也要用心过生活

生活在镰仓时代末期的兼好法师，在《徒然草》一书中这么写道：

“庄子有云，寿则多辱。所以至迟四十岁以前，就应该瞑目谢世，这是天大的好事。”

他想说的是，人最好不要露出老丑之态吧！

话说这本书是在1320年前后写的，而在约670年后的今天，据厚生省的统计显示，日本人的平均寿命已延长至男性75岁，女性81岁。因此，无论男女都可以说自己拥有“人生八十载”的这一天，不再是遥不可及的梦。

“人生五十年，与天地长久相较，如梦又似幻；一度得生者，岂有不灭者乎？”

正如谣曲《敦盛》所唱，无论寿命多么长，凡是生而为人者，一定有告别人世的那一天。

如果在十四世纪初人们是将四十岁作为“寿则多辱”的年龄，那么到了今天，“寿则多辱”的年龄差不多应设为七十岁。寿命延长了近一倍的我们，比起关心如何延长寿命，更应多关心如何充实地度过这延长的生命。因为毕竟自传的价值，不是由页数决定的，而是由内容的充实度决定的。

我们可以享受的寿命，是认为活到四十岁便是长寿的古人的近两倍。寿命如此之长的我们，如果不注意，每日生活的“浓度”很可能就会变成古人的一半。当你认为人生还很长的时候，不知不觉间，今天这“无可替代的一天”的分量，在你眼里，就会变得很轻。而这样的结果是，长寿便不再是什么值得开心的事了。

在室町时代后期（即世人称之为战国时代的时期）发展壮大的茶道，十分重视一期一会的精神。这种重视，大概是源自不知何时会与战场上的露水一起消失的武士们所持有的“以此为限”的想法吧！我们可以认为，在当时，主人和客人，都是边体味或许是今生最后一次相聚的这一瞬间的重量，边沏茶、喝茶的。

在和平长期持续的现在，在发达的医疗技术可以为人延长寿命的现代，我们是否已经忘了“一天的分量”和“生命的可贵”？

以人形艺术家的身份闻名于世的辻村寿三郎，是一位即使活在平均寿命长的现代也不忘珍惜每一天的人。

“在我看来，早上起来的时候，是我来到人世的时间，晚上睡觉的时候，是我离开人世的时间。如果想着还有明天，我就不会因今天只做了这些而畏惧害怕；如果想着我曾拥有昨天，我就会因昨天做过那么多而撒娇偷懒。对于制作东西的人而言，这样的撒娇偷懒是不被允许的。我必须以今天如何生活决定一切的精神准备过好每一个今天。”

辻村寿三郎这样说道。

他这种从内心深处理解“我一定会消失”这一事实，并为无论何时消失都不后悔而过好“今天”的姿态，可以说是珍视生命的最佳表现吧！在我意识到辻村寿三郎的话与一期一会的精神有相通之处的同时，我想起了《圣经》中的一句话：

愿你简单干净、朴素知足。

“不要为明天忧虑，因为明天自有明天的忧虑，一天的难处一天当就够了。”（《马太福音·6：34》）

用心过好今天，也就是指重视构成24小时的“此时此刻”。正如“今之心”可以组成“念”字一样，我们边想念（边祈祷），边过好每个瞬间，便可以收获由每个瞬间累积而成的充实的人生。

我们说的寿命有所延长，只不过是根据统计数字下的结论而已，并不能保证“我”肯定可以长寿。实际上，死亡和今天相邻而坐。因此，我们不能因被“数字”所迷惑而忘了“祈祷”，忘了“生命无常”这个事实。

自古以来，日本人对生命的无常就有深刻的理解。可以说，我们尊重生命，即重视充满无常、无比脆弱的“此刻”的内心表现。正如枕词（译注：见于古时歌文中的修辞法之一，尤指和歌等中，冠于特定词语前而用于修饰或调整语句的词语）“空蝉”（译注：“空蝉”的原意是蝉蜕变之后留下的空壳，因为蝉的生命很短暂，所以古人常常用“空蝉”形容“人生短暂无常”）一般与现世、处境、性命、人相关联一样，人常常被比喻成在地下长时间等待并蜕变后只拥有三天地上生命的蝉——古人也常常用“空蝉”形容如露水般短暂的人世、会与阳光一起消失的短暂无常的现世。

古人认为生命无常的这种想法，很可能是源于当时的社会现实——有很多人因战争、疾病而死，大部分人寿命都很短。但与此同时，我们不可忽视一点：主张将今世视为浮生、让众人祈愿来世的佛教的无常观，对这种想法的形成也产生了不小的影响。

然而，在20世纪末的日本，人们对生命无常的感觉已与古人有所不同。现代人感受到的生命无常，与其说是生命本身的脆弱，还不如说是某些人对待生命的草率态度。比如，在某位人气歌手从高楼跳下后，便有非常之多的自杀事件发生；再比如，很多人因无法忍受极小的挫折和困难而选择如同过马路般的轻松死法。除了随便自杀的人很多以外，因仇恨、金钱欲望、性欲而玩弄他人的人、利用完人便抛弃的人，也正在不断增多中。

虽然从小学的道德教育课开始，我们便开始提倡“人的尊严”，而且每次发生劫机事件、拐卖事件，我们都向众人普及“一个人的生命比地球还重”的想法，但我们周围还是有很多不重视生命的人。这究竟是为什么呢？过去那

不要为明天忧虑/因为明天自有/明天的忧虑/一天的难处/一天当就够了

些受到佛教无常观、《叶隐》中“所谓武士道就是对死的觉悟”思想影响的人，在他们身上确实可以发现“不怎么留恋生命”这一共同特点。这一点虽然不可否认，但是他们并非草率地对待自己的生命，而是在“有意义的死”之前献出了自己的生命。也许他们都有一颗珍惜短暂生命的心，都各自拥有在更大目标前“献出”宝贵生命的美学意识吧！

我们不应随意评论别人的死。但是，现在轻视生命的风潮正在日本蔓延，也是无能否定的事实。因此，今天，我们必须重新唤醒我们那颗“重视”每个生命的心——不仅仅体现在语言上。

当下，在日本到处都能听到“爱”这个词。无论是周刊杂志、漫画，还是电视剧、流行歌曲，几乎都离不开“爱”这个词。但现在却是史上最缺少真爱、最缺少重视生命之心的时代。为拿到保险而杀了自己的配偶，为享受一时的快乐而强奸并杀害迎面路过的女孩，为贯彻自己的某种主义而将载有很多人的飞机炸毁，等等，这些都是轻视生命的残暴行为。也正因为如此，我们必须重新唤醒我们心中的爱。

你要心存感恩，这是我们的人生。

不断进步的医学，不仅延长了人的寿命，还大幅度降低了婴幼儿的死亡率。此外，发达的生命科学，还使体外受精、选择生男生女都成为可能。在孩子出生前，我们可以在各个方面开展操作，比如出生前辨别胎儿的性别、打掉异常儿、怀有多胎时减胎等。

由于这些可在人生之初实施的人为操作，同样也可以用于人生即将终结之时，所以人工延命也使“天寿”“寿命”这些词逐渐成了死语。生活在这个时代，我们必须思考尊严死、脑死亡、心脏死亡、生前预嘱（在意识清楚时

留下的遗言）等过去不用思考的概念。

生命科学的发达，或许对于生命科学本身而言，是件可喜可贺的事。但当人类开始侵犯被认为是“上帝的领域”的部分时，我们就会不得不失去辨别自己身份的谦虚之心、对天赐生命的尊重和敬畏之情。

导致社会出现轻视生命的风潮，有多个原因。电视的影响、由学历社会和竞争社会带来的不良影响、物质至上主义、道德低下现象等，都与该风潮的形成不无关系。但是，我认为，这些都不是最根本的原因，最根本的原因是，我们丧失了将生命视为“恩赐”的心和眼神。

因为生不生孩子都是父母的权利，所以既有将孩子视为与拿钱即可购买的车和房子一样的父母，也有中途觉得“不方便”便会随便“流掉”的父母。和这样的父母无论说多少遍“生命多么宝贵”，都可以说是对牛弹琴。

这种父母对他们经过周密计算“造”出来的孩子，还寄予了远高于常人的厚望。而最终受苦的只能是孩子们。因满足众多条件才被允许降临人世的孩子们，想得到父母的爱也必须“满足某些条件”，如好学校、好成绩、高偏差值、对社会有用等。

拥有共同关心的事、想一起行走的积极意志和努力，美好的相逢才可能出现，
只有在相互谦让的时候，真正的“缘分”才可能被创造出来。

人活着最应该珍视的东西到底是什么？难道不是可让自己随性生活的“自我肯定”吗？正因为我们来到人世不是出于自己的选择，所以容易丧失生活自信的我们，才最需要得到和我们说“你是重要的存在”的父母之爱。我们得到的有条件的爱越多，我们便越需要这种爱。

在即将迎来新一年的12月20日的黎明拂晓时分，富山市的初一学生穿着睡衣从楼上跳下。后来父母在桌子的抽屉里，找出了一封因不堪被同班同学欺负而选择自杀的遗书：

“你们理解我的心情吗？若你被同班同学冷落，被人说坏话，你还能活下去吗？我没有这样的自信……”

让一个人失去活下去的自信，是很大的罪过。我们每个人或许都应边将其视为自己的罪过边活下去。将别人和自己视为“重要的存在”，将今天视为“不可替代的一天”，并认真地过好每一天，应该是最好的赎罪方式吧！

我希望大家记住：只有温和的微笑、美丽的语言、若无其事的关怀、彬彬有礼的举止、知道害羞的谨慎态度，可以让女性更美、变得招人喜欢——这一点从古至今都没有变过。

人都会老去，而我想漂亮地老去。老年人经常被人形容为“老而丑陋”，我觉得也可以用“老而美丽”这个词来形容。“老而美丽”，与其说是具有半老徐娘般美丽的姿态，还不如说是一种具有年轮之美、心灵不起皱纹的生活姿态。

保持幽默感，不是回避现实，当你同时拥有一双清醒睿智的眼睛与一颗如实接纳他人和自己的温厚的心时，幽默感才会出现。

当你老了

我出生的时候，父亲54岁，母亲44岁。所以，到了我懂事的时候，围着我转的都是一些上了年纪的大人。由于父亲在63岁的时候意外死亡，所以我并没有看到他“衰老的姿态”。但活到87岁并最后几年变成痴呆老人的母亲，让我切实体会到了衰老的悲哀。

与哥哥嫂嫂住在一起的孤独的母亲，或许很多时候都有以下这种感受吧！

有些日子　连一句话都说不上

一个人　慢慢老去

（作者不明）

聪明的女子都拥有“切断感情”的强大力量。这是一种虽拥有丰富的感情但不沉溺于其中，并懂得如何进行恰当处理的能力。

“正因为麻烦，才要去做。”这种表达方式或许会让人觉得奇怪，但只有反复这么做，我们才能收获“美丽”。

同时拥有体贴别人且不迷失自我的强大与优雅，是女性具有魅力、拥有财富的体现。

拥有很多物品的人，
未必就幸福。

因为母亲的缘故，我常常觉得，最需要被温柔地对待的是那些，在经历了漫长而艰辛的人生之后，正在孤独地过余生的老人。

在我进入修道院前，母亲刚过70岁。那个时候的母亲，坐车时会因分不清东南西北而走到相反的站台上。因此，母亲外出的时候，我常常需要陪着她，拉着她的手。

在我怀着对母亲的担心进入修道院后的第一个会面日，母亲来修道院看我。因为修道院方面要求见面只能是自家人，所以母亲只能独自前来。会面时间结束后，我站在玄关处目送母亲出门。当时，映入我眼帘的是，用我以前爱用的淡蓝色长柄伞代替拐杖拄拐的母亲的姿态。看着后背变圆、身高变矮（许是心理作用吧）的母亲慢腾腾地走出去，我却不能牵着她的手送一程，我的内心充满了悲伤。这股悲伤，在30年后的今天，依然深深地留在我心中。

老身之悲与谁说

忘杖归家日暮中

（良宽）

母亲或许也曾遇到因不知把伞放在何处而空手回家的时候吧！毕竟无论哪个社会，老年人都是孤苦寂寞的。

人们都说，人可以将自己曾经接受的教育说给年轻人听，却无法将没有经验的老年生活提前说给别人听。说起来也确实是，我印象中，母亲不怎么和我说她的老年生活。我只记得她说过这么一句话："不到60岁，就有些事无法明白。"即使是我已到了60的今天，我依然不知道母亲想要说什么。但是，不知为什么，现在的我总想和别人说我母亲说过的这句话。

翻看自己在多年前写的日记，我看到了这么一句话：

"年轻的时候，只要有时间，很多事都能做到，但最近却发现，有时间却做不成事的日子越来越多。"

总是说时间不够用的我，现在正在体会时间充足但身体不行的遗憾。年轻的时候我曾想，等老了，我便可以读那些一直想读却没时间读的书，便可以一天到晚做以前想做却没时间做的翻译。但这只不过是人在年轻时"想想"的事，等老了，我发现，衰老正在一点点地改变自己，是否能做这些事已与意志无关。

年老总是会给我们带来很多耻辱。无论你是否愿意，健忘、行动缓慢、耳目等各种器官的衰退，都会拜访你。以至于即使别人对你说“嘿，您已经上了年纪了”，你也找不出一句可以反驳他的话。要是自己还不服输，无非就是在心里反复说上几遍“年老离你也不远了”。

对年老之人的照顾和关怀，除了手把手帮忙以外，还需让他（她）体会到生存的意义。即使无法做到这些，也应做到这一点：不和因年老而感觉无比痛苦的对方说“您已经一把年纪了”。

虽然生存的意义在人生的所有阶段都不可或缺，但就像“没有什么爱比赋予我生存的意义更加厚重，没有什么事比夺走我生存的意义更加残酷”（神谷美惠子《关于生存的意义》）说的一样，老年人尤其需要生存的意义。

“爱”通常被认为是年轻人的特权，而实际上，老年人比年轻人更重视爱。正因为是老年人，所以才更需要拥有心爱的东西，需要沐浴在爱中生活。毫无疑问，这种爱不是如烈火般激烈燃烧的爱，而是从心底“重视”对方和自己的疼爱之情。之前，在众多证实我已步入老年的冷酷事实前，我动不动就崩溃，常常对自己的存在失去自信，觉得“早死便不会给人添麻烦”。但最近我意识到，让自己拥有生存的意义，是自己给自己的最大关照，让别人也拥有生存的意义，是献给别人的最大的爱。

不要嘲笑孩子　因为他们即将成长
不要嘲笑老人　因为他们即将远去

所有人都应记住这两句话。

重要之物

因为从某种意义上说，进修道院即为出家，所以家人自不用说，连迄今为止拥有的所有重要东西，都要扔掉。

在那之后，我一直过着不许拥有私产的生活。

如果说我有什么被允许拥有的“重要东西”，那便是一团沾着油泥的毛线、一块锦纱碎布、几朵已褪色的塑料花。

比一般人都刚强的母亲，在85岁的时候，以很快的速度变成了痴呆老人。我的母亲原本是一个常常将“我绝对不需要别人照顾”挂在嘴边的人，过去时常有旁人因担心她而和她说“可以稍稍依靠一下同住在一起的嫂嫂”。但是，突然之间，上帝就把她变成了即使被照顾也不知内疚的人。

因不想给家人带来过多麻烦而入住东京某医院的母亲，在那段时间非常喜欢红色。据说，她整天不是将我在进修道院前穿过的红色外套的碎布放在手掌上，一会儿揉成团，一会儿摊开，就是在房间里来回滚动当年为我织红色毛衣时剩下的毛线团。

在我被任命前往冈山就职的时候，新干线还没有开通。因此，我一年只能看望母亲一次。

最后一次见面是在11月，当时母亲连自己女儿都已认不出。在我怀着无比愁苦凄凉的心情告辞后，大约过了一个月，母亲离开了人世——这一天是圣诞前夜。当我十万火急地从冈山赶到家的时候，母亲已入殓。躺在棺柩中的母亲，又恢复了曾消失一段时间的大将夫人的气派。

次日，当我去一直照顾我母亲的医院道谢的时候，那个病房已经为下个入住的人做好了准备，我只在房间的角落里看到整理在一起的红色毛线团、锦纱布、已褪色的塑料花。

最后的日子母亲拿在手中把玩的物品，以及母亲生前用呆滞的目光欣赏的塑料花，当我拿在手里的时候，我心里充满了悲伤。

虽然姐姐和嫂嫂都得到了母亲生前身上戴的高价物品，但我一直认为，我得到的这些遗物远远胜于那些高价物品。它们对我而言，是“重要的东西”，因为它们是适合修道者拥有的粗糙物品，是无法用金钱衡量的珍贵东西，是母亲在最后的日子给予了无限的爱的东西。

我总觉得，母亲留下这些遗物，是想告诉我，可以丰富我们生活的东西，不一定是高价的东西、让他人羡慕的东西，但一定是有珍惜价值的东西、惹人爱的东西。

真心话与原则话

夏目漱石在《草枕》一书中，写了这么一段话：

我一边在山中的小路上行走，一边这样想。用巧智必树敌，用情深必被情所淹，意气用事必陷入绝境。总之，在人世间不容易生存。

正如这段话所言，我们若按心底的真实想法生活，一定会撞得头破血流。

因此，应称之为生活智慧的“原则话”便登场了。原则话，换言之，这是一种无论是固执、理论，还是人情都会恰如其分地藏在心中的智慧。可以说，说几分真心话、是否说真心话，是我们要仔细考虑的关键。

有一年，在修道院中，有人提出将当年的努力目标定为“互相说真心话吧”。日本人听了，都能理解这个提议的意思。但当将它翻译给美国修女听的时候，问题便出现了。

译员刚将这个提议翻译为“以后互相直接说出真正的感受吧”，她们就追问道：“难道迄今为止都在说谎吗？”让人不禁汗颜。

在其他国家中，或许程度有所不同，但一定存在类似于真心话和原则话的东西。不过，跟习惯与异质文化共存的其他国家的人相比，居住在同质化社会中的日本人，或许更不擅长直接接受与自己不同的心情和意见吧！

也是因为这个原因，日本人比其他国家的人更需要忍住真心话不说，更需要按照“应该的样子”说话。

您说社会是那样的。我回答“您说得对”
您要问“是这样吗？”我回答“不太清楚”

这是一首道出了处世秘诀的江户时代的狂歌。这首狂歌，在今天看来依然很有价值。

不过，我担心，不说真心话、只在表面附和别人的日本人的智慧，在使经济发展的同时，也会引发诸多国际问题。

恩惠

报纸的“家庭专栏”，有时会刊登一些诸如“生活智慧”的文章。

比如如何去除衣服上污垢、如何把陈米做得更好吃等，时常会教一些让你意想不到的诀窍、操作简单的方法。

某日，当我浏览这类专栏时，我看到了“让洗面台保持干净的诀窍”这几个字。因为修道院的单人房间也设有小洗面台，所以看完标题后，我便饶有兴趣地读了起来。

当我看到“想让洗面台一直保持干净，就要勤擦”时，要说我没有失望，那是在说谎。其实，我知道想要保持干净就要勤擦，但每次去收拾前，我都会对自己说“再等等”。

后来我转念一想，这种让人一看就懂的方法，实际上不就是诀窍吗？什么都贪图“轻松”的我，现在需要的不就是这种方法吗？

我的母亲经常和我说这句话：

“看不起一文钱的人，会被一文钱憋倒。”

这句话的意思是，如果你以敷衍的态度对待微不足道的东西，总有一天你会因你缺少这样东西而哭泣。要用当下时兴的话说，应该就是“一元虽少，不可小觑”吧！

母亲说这句话，应该是源自生活的心得体会吧！

从我阅读那篇文章的那一天开始，我房间的洗面台，比以前干净了不少。我想，这个小举动对我生活的其他方面，也应该多少有些影响吧！

恩惠（在漫长而艰辛的人生中，那些心存感激的经历）

我的母亲虽然不是什么高学历的人，但她教给了我们很多可以享用一生的道理。而且，她本人也是这些道理的实践者。

一有机会，母亲就会唠叨像“辛苦并不是坏事”之类的话。在母亲的反复唠叨中，在不知不觉间，我们就被洗脑了。

虽然被洗脑了，但在真正将降临到自己身上的痛苦视为“值得感谢的经历”前，我还是花了很长的时间。

现在想来，能称之为“恩惠”的，应该既有一开始便让你心存感激的东西，也有起初不觉得可贵但最终你会心存感激的东西吧！之所以起初不觉得可贵的东西最后会让你心存感激，是因为在即将结束某段经历前，无论是你讨厌的东西，还是你害怕的东西，都会相应地减少。

十几年前，我曾一度因患病而失去生活的自信。当时，有人和我说了这么一句话：

“命运是冰冷的东西，而天意却是温暖的东西。”

天意——对应的英语是“providence”，含有“在关照中给予”的意思。

母亲教给我们的诸多道理，应该是她在她那既漫长又充满艰辛的人生中领会到的吧！

柔和和谦卑，
正是我缺少的东西

“和子，你像鬼一样。”

在女子学校时代，朋友曾扔给我这么一句话。距离当时四十多年的现在，我依然清楚地记得她说这句话时的表情、时间和场所——当时是在东京荻窪的四面道上，即从学校回家的路上，我即将与几个朋友告别的时候，她说的这句话。之所以现在还记得，大概是因为当时的自己深受打击了吧！

确实就像她说的那样，当时的我很让人讨厌，不仅争强好胜，总是炫耀自己会学习、受老师欢迎，还总是待人冷淡，轻视别人。

在家中也是如此。每次母亲提醒我“你是个冷酷的人，而且总是把感情写在脸上，你要多注意”，我都会很不高兴，而且常常在这之后几天不说话。

当我讨厌这样的自己，想要“脱胎换骨”后，在18岁的春天，我接受了基督教的洗礼。但是，洗礼毕竟不是魔术。洗礼后，我的性格还是依然如故，我还是母亲责备的对象。

“你这样也能当基督教徒？”

对于非常反对我洗礼的母亲而言，这是责备我的最好借口。听到母亲的责备，我与生俱来的“好强性格”，迫使我下决心：“即使咬紧牙关也要有基督教徒的样。”现在回想起来，真是惭愧至极。

某日，我打开《圣经》，看到这么一句让我受益良多的话：

“我心里柔和谦卑，你们当负我的轭，学我的样式。”

柔和和谦卑，正是我缺少的东西。

人的性格，并不是说一接受洗礼，便能马上有所改变。只有每天一点点地累积小到眼睛看不到的努力，性格才会在不知不觉间得到改变。我一直觉得，想要“有效利用”与生俱来的好强性格（不是“消灭”好强性格）的愿望本身，便是上帝给予的恩惠。

之后，我意外地遇到了一个让我下决心改变自己的人。他是我在做兼职的工作单位遇到的，当时他是我的上司（美国人）。他评价我说：“你是一个像宝石一样的人”。那时我22岁，正在上大学，正想努力让自己变得温柔一些。

在那之前，我只看到了我性格中讨厌的一面，如果要以打比方的方式来形容自己的话，那就是“像石块一样”。所以，当听到“像宝石一样”时，我有些不相信自己的耳朵。也就是在这个时候，我的好强性格又一次发挥了作用，我决定：“好，那我就要对得起这个评价，成为一颗真正的宝石。”

在那之后，我对母亲更加温柔，笑对他人的时候也越来越多。而且，生气的次数也减少了，也渐渐会体贴他人了。因为，“别人说我是宝石，我必须对得起这个评价”的想法，动不动就会训斥想过做“石头”时的安乐生活的自己。

性格是可以改变的。虽说靠本人的自觉和努力便能使之成为可能，但我们都是脆弱的人，还是需要他人的帮助。之所以需要他人的帮助，还因为，我们都是边为不辜负他人的“期待”而努力边活在这个世上的人。

长野县的某所高中，聚集了来自日本全国各地的声名狼藉的流氓少男少女。这所高中因重新做人率高而闻名日本。据说重新做人率之所以高，是得益于老师们的独特评价方法。老师们在评价学生的时候，不说“你只会……”，而是说“要是……的话，你能……”。

比如说某个学生体育好，老师不说“那个学生只会体育”，而是说“要是体育的话，那个学生能行”。再举个极端的例子，即使是评价只会做坏事的学生，老师也不说“只会做坏事”，而是说“要是做坏事的话，他能行”，他们总是站在认可学生的立场上评价学生。

就像杀死一个人不一定要用手枪和刀具一样，想让一个人重获新生，通常只要有一颗希望“救活”他的心和鼓励的语言就够了。人都是为满足他人的期待而活。当被说“无论让你做什么，你都是无用之人”时，没有人会因此而精神大振。相反地，很多时候，这种否定的话会让被说的一方认为，这是最适合自己的评价。反之，当我们发现对方的优点并给予表扬时，对方便会慢慢发生不可思议的变化。

性格确实是以遗传为基础的。

盖伦（译注：古罗马时代医学家）根据希波克拉底（译注：古希腊伯里克利时代的医师，被西方尊为“医学之父”，西方医学奠基人）的体液说，将人的气质分为多血质、胆汁质、抑郁质、黏液质四种，并提出这四种气质所对应的分别是快活敏感的人，精力充沛、易怒的人，多愁善感、内向孤僻的人，迟钝、有耐力的人。在盖伦之后，克雷奇默（译注：德国精神病学家和心理学家）和谢尔顿（译注：美国心理学家）均认为气质和体型有关系。而到了现代，通过血型和星座看性格，甚至已成了流行做法。

但是，说性格完全是由先天决定的说法，并不为众人所接受。因为人的性格是在遗传的基础上，在人所处的各种环境的作用下逐渐形成的。我就是这样的。如果没有遇到说“你像宝石一样”的上司，我可能还是原来的“石头”。

环境为我们的性格改变创造了“契机”。我们既有因遇到优秀的人或书籍而得到启发的时候，也有因突然遭遇不幸，或因在破碎家庭成长的缘故，而无法发扬自己的优点、由好变坏的时候。

不过，环境还不是最后的决定者。因为对于人而言，“我们自己”才是最后的决定者。狗和马，只要血统正、调教得好，就一定可以变成良种狗、良种马。但人既不是狗，也不是马，并不是说遗传基因好、生活环境好，性格就一定好。反之亦然，即使遗传基因不好、环境不好，性格也不一定不好。

在形成今天的性格之前，我经历了很多。与生俱来的好强与倔强，以及从小到大经历的各种体验、各种相遇，全部叠加在一起，作用在性格上，便形成了今天的我。但是，我觉得，“自己”如何理解这些体验，“自己”想成为什么样的人，以及是否为梦想中的自己而付出努力，才是我能形成今天性格的“关键”。

想要成为柔和谦卑之人，我还需要走很长的一段路。我希望自己无论多苦多难都好好对待每次可贵的相逢，凭借与生俱来的不服输精神，一步一步地靠近目标。

带着爱心去生活

人生的重量不一定与人生的长度成正比，但一定与时间的使用质量有关。如果时间的用法，也就是生命的活法，无法判断，那么是否珍视每分每秒——换言之，是否带着爱过好每分每秒，就显得非常重要。

要带着爱过好每分每秒，是我在进修道院之后，在美国学习的时候，某位修女告诉我的。记得那一天，午饭刚结束，而我正在为晚饭做准备——在长桌上为一百多人摆放盘子和杯子。就在这个时候，突然从身后传来某位修女的声音：

“你工作的时候在想什么？”

在那一瞬间，我回答道：“没想什么。”等我说完，那位年长的修女边一脸严肃地看着我，边说："You are wasting time（你正在浪费时间）。"

我正在一心一意地快速摆放盘子，她却说我浪费时间，我觉得很不可思议。看到我一脸惊讶的表情，她轻轻地和我说：

"同样都是摆盘子，请试着边为即将坐在这里吃晚饭的人祈祷，边摆放吧！"

在那一天，我明白了一点：生而为人，我们能做到机器人做不到的，我们不能像机器人一样摆盘子。如果像机器人一样摆盘子，不是浪费时间又是什么呢？

在你想为之祈祷的人的座位上，边祈祷边摆盘子，很容易做到。但是，在不知坐在这里的是谁的时候——很可能是你极其讨厌的人、视为敌人的人坐在这里，边说"祝幸福"边摆盘子，却很难做到。如果能做到这一点，可以说你已告别以他人为中心的生活，回到以自我为中心、以自己生活为主轴的生活状态中。而这种变化是你开始"自立"的证明、拥有自主性的标志。

换言之，无论是像摆盘子这样的单调工作，还是在厨房刮土豆皮、在厕所打扫卫生等琐碎的事务，当我们带着爱去做的时候，它们都能变成值得尊重的工作。在这个世界上，并没有真正的琐事。当我们草率地对待某件事情时，它才会变成琐事。

实际上，时间的用法，即生命的活法。在人生的终点，我们每个人或许都会被问这个问题：“和江户、明治、大正、昭和初期、昭和中期的女性相比，你得到了更多的‘自由’。而且，没有人强迫你听从谁的你，还拥有靠自己的双手开拓人生的自由。如此自由的你，是如何使用这些‘自由’的，你活出属于你自己的精彩了吗？”

如今，女性的人生不再由父母、婆婆、丈夫、孩子决定。但是，自己便可以决定自己的人生，既是一件值得感谢的事，也是一件可怕的事。

杰拉尔·乔德里（Gérard Chaudry）曾说：“在人生的终点，我们留下的不是我们得到的东西，而是我们付出的东西。”为了在人生的终点留下更多证明自己没有虚度时间的印记，我们必须带着爱做每一件小事，让每一件小事都有意义。

可以说，这才是新型的生活方式。

在这个凡事讲求速度的时代，随着家务分配的明显合理化，女性也拥有了一些富余的时间。但与此同时，如何使用时间，也是女性所要面临的一个新挑战。我觉得，因为我们女性已告别过去那个凡事只能服从、没有教育机会、以伺候丈夫和孩子为主业的时代，所以在女性拥有生活主导权的今天，只有以一颗充满爱的心活好每分每秒，带着感动做每件事、接受每个事物，才能成为真正的新型女性。

God，grant me the Serenity
to accept the things I cannot change
Courage to change the things I can
and Wisdom to know the difference

上帝，请赐予我平静，
去接受我所不能改变的；
请赐予我勇气，
去改变我所能改变的；
并请赐予我智慧，
去辨别什么可以改变，什么不能。
（雷茵霍尔德·尼布尔）

这段祷告词为我们概括了新型女性应掌握的生活方式。过去的女性，没有改变能改变之事的自由。她们在面对不能改变的事时，也只能是被动地接受。但如今，我们被赐予了改变能改变之事的自由——只要有勇气，我们便能改变我们所能改变的。此外，当我们判断某件事不能改变时，我们还拥有主动接受这个事实的自由——只要保持内心平静，我们便可以接受我们所不能改变的。

但只有去爱，我们才能成长

所谓和平，即秩序平静有序

奥古斯丁（译注：古罗马帝国时期天主教思想家，欧洲中世纪基督教神学、教父哲学的重要代表人物）曾说："所谓和平，即秩序平静有序。"我找到了一首描写日常生活的诗，恰好可以阐释这句意义深远的话。

男人每天早晨/用剃刀刮胡子

在这个时候/女人用菜刀切菜

双方都使用刀具

但都感受不到刀具的存在/幸福的早晨

（《早晨》高田敏子）

这两个人，或许昨天晚上曾起过大争执。但今天早晨，两个人虽然都拿着可以杀伤对方的利器，但都“感受不到刀具的存在”。或许我们说的和平、幸福，就是存在于我们每个人在“如果错一步就会酿成大祸”之时“维护秩序”的平静之中。

虽然对于只是一名普通市民的我们而言，创造和平这样的大事，我们无法直接参与，但创造“脚下”的和平，我们未必做不到。反过来说，连自己生活中的和平都无法创造的我们，难道可以边倡议废除核武器边在街头示威游行吗？对此我怀有疑问。

在从未这么长时间享受和平时光的日本，每天都会发生前所未闻、性质恶劣的犯罪事件。比如孩子用金属球棒杀父母，想不开的人用电线自杀等。我们必须记住，金属球棒不是为了杀害父母而设计的，电线、领带也不是为了自杀或杀人而设计的。

按照物品的原本制造目的和用途正确地使用物品，即能创造出“秩序平静有序”的和平。想要实现和平，首先需要使用这些物品的人对自己的使用目的有清醒的认识，并懂得保持谦虚的态度。

那些孩子

大约15年前，我在南美洲的巴西、秘鲁、玻利维亚等国旅行的时候，每次公交车停站，都能看到靠近公交车卖东西的孩子、蹲在路边或直接躺在路边睡觉的孩子。看到他们在街上流浪的身影，我感觉很心痛。

被称为“流浪儿”的这些孩子，现在正以不断增加的态势出现在世界各大城市。他们的存在已成为社会的一大问题。据UNICEF（联合国儿童基金会）推算，现在在全世界约有3000万至1亿个孩子——大多数是8岁至15岁的男孩——在街边擦鞋、卖东西、讨饭，或行窃。

受联合国委托成立的国际人道问题独立委员会，于1986年提交了一份题为“流浪儿——环境不断恶化的城市的悲剧”的报告。该委员会的其中一位成员绪方贞子，针对这个结果，曾在文章中写下这么一句话：“让我惊讶的是，国际对这个问题的关心，以及社会对流浪儿寄予的同情，都极其少。”（《孩子与家庭》1985年5号）

3000万至1亿之多的流浪儿，数年以后，或十多年后，很可能会成长为无法戒除幼时的生活习惯、对外人一直怀有不信任感的大人。而这样的结果是，他们会做出反社会或异于常人的行为。

因此，从人道的立场自不用说，我们从社会的立场出发也必须关注流浪儿问题。据巴西的调查结果显示，目前80%的受刑者，过去都是流浪儿。

这种现象最为显著的是中南美的各大城市以及印度、菲律宾等发展中国家。在这些地方，骤然出现的城市化现象和随之产生的家庭的离散和崩溃，是流浪儿出现的一大原因。因为家住农村的人即使前去城市求职，那里也没有他们的家，他们只能去贫民街生活。前文提到的人道问题独立委员会在报告中这样记录流浪儿的状况：在一间位于贫民街的房间里，一共住着9个人——父母和7个孩子。筋疲力尽地从工作场地回来的父亲，一看到因饥寒交迫而大声哭叫的孩子，便狠狠地打他们。因害怕被打而离家出走的孩子，为了能吃上饭，不得不靠行窃度日。

我们或许会觉得流浪儿的问题与人人生活富裕、衣食无忧的日本没有任何关系，但果真如此吗？我们必须注意到，在日本经济以惊人的速度发展的背后，发展中国家正在急剧推进城市化，而农村也正在日益凋敝。在有些发展中国家，有不少为日本企业的发展在街道工厂组装零件的孩子，以及以蜂拥而至的日本游客为目标捡贝壳、制作项链的孩子。

而且，大家不可忘了“日本也有‘流浪儿’”这个事实。他们不以钻到汽车与汽车的缝隙间卖报纸、卖花的姿态存在。他们也不以战败后聚集在新宿、上野等车站的地道中的流浪儿或擦鞋少年的形象示人。

但是，无法得到家庭的温暖、爱、安稳感的孩子，即使拥有物质意义上的家，在心理上、精神上也是“没有家的孩子”。这样的孩子在日本并不少见。因在看偏差值排名的学校落后于人而被忽视的孩子，与生活在贫民街的孩子一样，怀着想成为“大人物”的强烈愿望，顽强地生活着。他们为了让别人认可自己的存在，往往会铤而走险，做出一些反社会、异于常人的行为。

特蕾莎修女——1979年诺贝尔和平奖获得者，因厚待加尔各答的流浪儿、倒在路边的人、麻风病患者而闻名于世。当发达国家的人向她提出当志愿者的申请时，她说："谢谢。但是，在你周围的'加尔各答'工作也很重要哦。"这句话的意思是，即使是生活富裕的国家，也有流浪儿存在。她这么说，是想督促他们多多关心身边那些"没有家的孩子"。

我们需要用国际化视野看待我们今天的铺张浪费和欲望，因为或许正是我们的铺张浪费和欲望，在世界某个地方的多个孩子才会成为流浪儿。与此同时，我们还必须关注我们身边的孩子，认识到"正是我们贫瘠的内心和颠倒的价值观，使很多孩子变成渴求作为大人物被他人认可的人"。

佛教中有个词叫"无财七施"。据说在七施之中，有"座施（把座位让给别人）"这一善行。当下，这种"爱"不就是全世界的孩子们以及大人们渴望得到的东西之一吗？

敬死，惜生

长寿的价值与拥有短暂而充实的生命的价值，不一定能比较。它与“自传的厚度与内容的充实度不一定一致”非常相似。

拜访我们时总是无视贫富、身份、权力的差别的是死亡。很多人都说：“我怕死，要是死了，我就一无所得。”在他们看来，“死”是一种让“生”变得没有意义的东西。

但是，在生命终点降临的死亡，实际上是“生”的一部分，是赋予“生”以意义的东西。确实，人们自古以来便渴望长生不死。但是如果没有死亡，也就是说如果人永远不会死，就没有什么事是我们在死之前必须完成的。如此一来，我们生活中所谓的那些应优先考虑的事，就失去了存在的意义，而且即使无限期地往后延期，也没关系。不仅如此，“生”的意义也会因某些情感（或许今天是自己最后一天的紧张感、或许与他不会再次相逢的人生感怀）的丧失而被剥夺了。

就像旅行时，比起被允许携带无限行李，有行李个数、大小、重量等限制反而更能定下所需携带的东西一样，人生中正因为有“死”这个限制，我们才能不断精选出高质量的生命内容。每一天的重量对于被宣布即将要死的人和健康的人而言，是完全不同的吧！但是，谁都无法保证明天的生命还能继续，因为死亡会像小偷一样不请自来。

生命很宝贵。它就像空气一样，没有它我们无法生存下去，但很多时候我们却意识不到它的存在。因此，当我们被赐予让我们不得不意识到它的存在的疾病、痛苦、灾难时，往往是我们认识生命的价值的绝好机会。

人活在世上都拥有基本的人权——生的权利。那么，我们是否也拥有死的权利呢？

某次上课，我在说到人的自由时，说了这句话：“自由的行使也伴随着责任。”下课后，有位学生问我：

“老师您刚才说我们在行使自由的时候，也必须履行相应的责任。但是如果我活着不是出于自己的选择，是不是就可以认为我没有继续活下去的责任？”

他那一脸认真的表情，让我不禁感受到了我们每个人所持有的大矛盾。

在芥川龙之介描写的河童的世界，孩子们可以按自己的意志选择是否出生。一靠近临产日，河童爸爸就会把出生后的世界形势告诉母亲肚中的胎儿，问他是否想出生。而在人类的世界，孩子都是父母想生就生，而且出生后必须由孩子对自己的一生负责。这一点与河童世界相比，显得非常不合理。我们或许可以这么认为：对于孩子们而言，为生活烦恼的日日夜夜，找不到活着的意义的日日夜夜，与其说是想放弃行使活着的权利的日日夜夜，还不如说是想放弃履行活着的义务的日日夜夜。

“自由的行使伴随着与自由的大小相对应的责任，而不行使自由却接纳发生在自己身上的各种事情的人，是勇敢的人。”

我如此回答道。在回答的过程中，我意识到这并不能成为答案，而且实际上，这个问题并没有答案。

自古以来，日本便有很多比起死的权利，更强调死的义务的时代。历史上甚至有“为国家赴死”“与其活着受辱不如死去”“赐死”等说法。死的美学也许是日本独有的东西吧！这与日本人所持有的生命无常感、佛教的无常观不无关系。

本人认真地询问活着的义务和权利并为之烦恼，是人本来的姿态。但是，如果有除本人以外的人想决定这个人的生命，就会出现大问题。而且，这种倾向，与对天赐生命的敬畏之心的丧失成正比例，正在变得越来越强。

认为女性拥有生与不生的权利的部分男女平权主义者的主张，因过于重视生命质量而进行人工淘汰的行为，以及人想终结生命时的安乐死和尊严死等问题，无论哪一个都以人类意识的变革为基础，都是使这些操作成为可能的发达文明的产物。

人常常为自己之便开发出一些东西，却最终不得不附属于这些东西，并被它们搞得团团转。这种现象，我们称之为“人的异化”。虽然生命科学可以在疾病的治疗上、不好基因的切除上发挥作用，但稍有差错，便可能威胁到人类存在的基础。因为研究科学的是人，而人的心中装着的想法，既可以让科学发挥好的作用，也可以让科学将人类引向毁灭。

曾野绫子（译注：日本著名女作家，社会活动家）在《上帝的脏手》一书中，描写了一个男人的内心世界。这个男人总是偷偷地想："要是弱智的外甥女和她生出来的孩子一起死了，就好了。"作者在书中这么写道：

"什么尊重生命之类的话，是人在生出觉得适合自己的孩子时才会说出口的体面话。"

这并非与我们没有关系。

曾有段时间，在某位人气歌手从高楼跳下后，初中生和高中生就像产生连锁反应一样纷纷自杀。在自杀事件登满各大报纸之时，我在报纸上看到了一名16岁少女的投稿。据这位少女说，俱乐部的前辈曾当着她的面故意大声说"身体孱弱的人活着只会给人带来麻烦"，听完后，她曾一度觉得自己早点死对社会和别人都有好处。接着，在信中她说了这么一句话：

"……在某个时候我突然意识到，人不是因为有价值才活着，而是因为活着才有价值。”

将生命视为上天恩赐的感觉，我们是时候该唤回了。

敬死，惜生。

不要漫无计划地过人生

我从不认为人生可以漫无计划地过。但我也不认为，有了计划，人生就可以按计划顺利开展。

小时候，我的人生计划是“嫁作他人妇”。

但是，始于我15岁时的战争，残忍地击碎了我的这个梦想。因为不知何时能结束的日日空袭、粮食的缺乏——手上只有配给品，不仅让我无暇为未来制定计划，还把我变成了为保住性命而拼命努力的人。

战败后随之到来的艰苦岁月，计划外事情的洗礼，为生计而不得不开始的兼职和就业，以及在工作中遇到的众多预想之外的相逢，在不知不觉间，把我这个曾以“嫁作他人妇”为志向的人，变成了敲开修道院大门的人。

在进入修道院后不久，就有人告诉我：

“所谓修道生活，就是先在什么都没有写的白纸上签上你的名字，以后无论被写上什么内容，你都得过预先答应的生活。”

一年后突然而至的美国派遣，突然下达的取得学位的命令，前往冈山赴任，36岁时就任校长，到今天为止，我的白纸被写上了这些内容。

今后我也想毫无怨言地接受即将写入白纸的事情、我已预先答应的事情。

我们有两大自由，其一是制定人生计划的自由，其二是顺从按需修改我们计划的上帝的自由。只有接受，我们才能让这两种自由完美相接。

善待他人，珍惜一事一物

三十年前，我刚进修道院的时候，便听到了“修道家人”这个词。这个词的提出是基于“院长是修女的‘母亲’，而所有修女都是院长的‘孩子’、都是姐妹”的想法。由于我是在社会工作之后，在近30岁时入的会，所以当时我觉得这个想法很古怪，甚至有些难以接受。

后来，修道生活有了很大的改变，院长被要求发挥“侍奉者”的作用，而我们每个修道者则需要像大人一样成熟。这本来是一件很好的事情，但这样一来，为了不使修道院成为“供膳宿的地方”，我们就必须认识新的“家人”。

木村尚三郎（译注：欧洲史研究专家）在《家人的时

代》一书中，这么论述道：所谓从经济高速成长向低速成长演变、从技术文明的发展阶段向成熟阶段迈进的时代变化，即世阿弥所说的从“兴盛时”向“停滞时”的转变。这意味着，即使参加革命、打仗也在所不辞的勇气、活力及阳刚之气已衰退，而在体制中边保持团结合作关系边生存的阴柔之气已抬头，意味着注重感情维系的感觉在社会中处于优势地位。

注重感情维系的时代，也就是“家人的时代”。在这个时代，比起讨论国家大事，人们对夫妇关系、亲子关系更感兴趣，而且无论是报纸还是电视连续剧，都喜欢涉及家人问题。比如未婚妈妈、离婚、家庭暴力、老人护理、女性走向社会的问题以及新家庭的理想状态，等等。

我们可以认为社会关注感情维系问题，实际上即意味着人们正在寻求“与人的联系”。将当下称为“停滞时”是否妥当暂且不谈，我在与女大学生的接触中，深切地感受到，很多人虽然表面上住在热闹的地方，过着富裕的生活，实际上却常常觉得不满足，觉得孤独寂寞。

这是一个我们必须认识到爱的反面不是恨，而是“漠不关心”的时代。因为“不恨”并不意味着“爱”。

有人指出，现在无论是家庭中，还是整个社会，都十分需要真爱——以真实的姿态接受对方的爱。因为我们在不知不觉间，已变成可怕的自我中心主义者、有条件地和人交往的人。

玛格莉·威廉姆斯（译注：美国著名儿童作家）的《绒毛小兔》一书，讲的是一只绒毛小兔在某男孩的深情呵护下变成“真兔子”的故事。用锯屑制作而成的布制兔子，看着男孩总是饶有兴趣地看电动玩具来回走的样子，既羡慕又心痛。某日它听到男孩高兴地说“哇，像真东西一样”后，因为不知道这句话的意思，便向住在同一玩具箱的老木马打听：

“真东西，是什么意思？是不是里面装了什么东西？”

木马颇有感慨地回答道：

“所谓真东西，不是说它由什么制作而成，而是长时间在爱的呵护下，逐渐变成了真东西。而且，一旦变成了真东西，一辈子都不会变哦。”

我有时会想，那些物质丰富、生活中没有任何不如意的学生的脸上，之所以会浮现出寂寞的表情，或许就是因为他们没有得到将他们变成“真东西”的爱。其实，只要有爱的呵护，她们便能变成“真东西”。

我和父亲的相处时光只有9年。在被称为“二·二六事件”的血腥事件中，父亲在我的面前，瞬间就被杀死了。或许父亲曾预料会有这么一天吧，在这9年的时间里，父亲把应倾注一生的爱都给了我。用这些爱治愈我那日的恐惧和心理创伤，绰绰有余。

或许家人的本质，与表面上是否人员聚齐、是否同住在一个屋檐下、是否有血缘关系，都没有关系。

因为，被称为“感情维系”“纽带”的东西，终究是“眼睛眼不见”的东西。

只有给予我们变为“真东西”的爱的人，才能成为我们真正的“家人”。现在这个时代，我们不仅需要成为家庭的一员，还需要在爱的呵护下成为世界的一员。

自由

三十多年前，即1956年，我开始了我的修道生活。当时的修道制度非常严格，可以说我们每一天都过着被各大规则束缚的生活。早晨，听到钟声，我们就得起床，穿上指定的制服，到小教堂集合，在祈祷和默想后，我们做弥撒、吃早饭，做各自被指定的工作。接着，我们再听着钟声发出的指令，吃饭、祈祷、熄灯、就寝。一天之中，钟声不知得响起多少遍。

采取与钟声指令不同的行动时，必须得到院长的许可。外出自不用说，连给亲人写信，也需要得到院长的许可，让她给我们信纸和信封。这样的生活，对于像我这种曾在社会中生活近三十年的人而言，很不自由，就像是回到了幼儿期一般。

但是，换个角度想，一切都交给院长管理，我们只需按规则做事，无须自己判断、自己决定，无须为什么负责，这或许也是最轻松、最“自由”的生活。后来，始于1962年的第二次梵蒂冈大公会议，改变了这种生活状态。在这次会议之后，新风吹进了天主教会，而修道会也受到了影响。就这样，我们有了自由。

不同修道会可能情况不太一样，在我所属的修道会，在那之后，钟声等信号指示全部被废除，修女们不仅可以按照自己的想法起床、就寝，还可以自己决定每天的过法。此外，服装上不再要求统一穿制服，外出也比过去自由多了。

我很感激这种自由。因为我们已步入新的时代，而新时代看重不是我们能否正确地遵守规则，而是我们在已定型的修道生活中能否忠实于自己选择的道路。随着只要听从院长的命令就是“好修女”的时代的结束，我们开始过上可以按照自己判断和意志行动的修道生活。但是，这也多少伴随着我们会因此放任自己的危险。大家切不可忘了，自由也伴随着与其程度相对应的残酷。

而且，当我们说到自由的时候，更多的是指人格的自由、决定自我状态的自由，而不是行动的自由。要是借用维克多·弗兰克尔的一句话总结，那便是：

“所谓人的自由，并不是指可以免于诸多条件限制的自由，而是指在面对这些条件限制时，人有决定自己存在状态的自由。”

生而为人活在世上，我们一定会受束缚于某些条件。在我们之中，既有背负着与生俱来、无法逃避的条件的人，也有在活着期间生病、或为家庭所累、遭遇意外灾难的人。所谓人的自由，不是指我们可以从这些条件中解放出来的自由，而是指在面对这些条件时我们拥有判断、选择自己的态度和生活方式的自由。

如果我们能从束缚女性的家务、育儿等传统事务中解放出来，也是一件好事。但是，我们必须知道，我们从那儿解放出来，是出于什么目的。

只要没有充分认识到自由也伴随着残酷这一点，自由绝不可能让女性“重获新生”。

也可喜，也不可喜

据说，人的老化始于出生时。

元旦乃通向冥土之旅的里程碑

也可喜，也不可喜（译注：一休的狂歌。日本古人说年龄一般说虚岁，而元旦即新一年的开始，意味着又长了一岁。所以一休说，过年既高兴也不高兴。）

正如这首诗所言，年岁增长只是说明我们离死又近了一步。尽管如此，我们还是会忘了考虑死亡的问题，而且也讨厌考虑死亡的问题。或许温柔地对待不知不觉间便会迎来死亡的作为“弱小生命”的自己，不仅不会让我们忘了死亡，远离死亡生活，反而会使我们常常把死亡放在心上。

有联合国著名秘书长之称的达格·哈马舍尔德，是一位虔诚的祈祷者。1961年，他飞往刚果（旧称扎伊尔）执行公务的途中，因飞机失事而殉难。后来，他生前写的日记以《路上标志》为书名被出版成册。看他的文字，我发现他在活着时常常意识到死亡的存在。

“夜幕将近。路途多么远啊。为了知道道路通往什么地方，沿路前进所需要的时间，对我而言，每一瞬间都十分必需。”（1952年）

这句话的意思是，不知何时能到达终点，而且夜幕将近，行走时间有限。总觉得是白费的时间，对于现在的自己而言，显得十分必需。字句之间，透出了他对行走中的自己的疼惜怜爱之情。

此外，他还在别处写了以下这句话：

“在没做好随时离去准备的房间里，尘埃积了厚厚的一层，空气不流通，光线昏暗。”（1950年）

也就是说，当他意识到夜幕将近的时候，他会不断地整理身边的东西。所谓“做好随时离去的准备”，也就是指热爱有限的人生，活好每一个瞬间。

1953年，他被选为联合国秘书长。在这一年的首篇日记中，他再次用“夜幕将近”作为开头语。

夜幕将近。

对已逝去的过去，说声“谢谢”，

对即将来临的未来，说声“好”！

“好”即“yes”，在这篇日记里，他记录了他是以何种心态回顾“遥远的路”，并决定再接着往前走的。这是一种感谢过去和展望未来的心态。

我步入修道生活后他们一直反复说给我听的话，和保罗得到的回复十分相似。这句话是：“恩惠伴随被分配的工作而来。”

无论是被突然派去美国的时候，突然吩咐我要拿下博士学位的时候，还是取得博士学位后被派去冈山的时候，第二年因前任猝死而在36岁时被任命为校长的时候，“恩惠伴随着工作而来”这句话一直影响着我。这是绝不抛弃“弱小生命”的上帝和我的约定。

有时候，我们只能将并非自己所求的境遇、立场、工作看作上帝赐予的“刺”。虽说祈祷上帝去除它是我们的自由，但上帝的回答依然是2000年前他给保罗的答复。

无论是衰老、疾病，还是死亡，都不是我们所追求的东西。可以说，它们都是上帝赐予我们的“刺”。因此，我们只有像哈马舍尔德一样对这些“刺”说“谢谢”、说“好”，才是正确的态度；我们只有重新接受这些“刺”，才能温柔地对待自己。

印度诗人泰戈尔曾如此吟诵道：

让我不要祈求
免遭危难
只让我能
大胆地面对它们

让我不要祈求
痛苦的平息
只愿赐予我
征服它们

的勇气

让我不要在
生活的战场上
寄期望于
盟友的支持
但愿只靠
自己的力量

让我不要为
切望得救而焦虑担忧
只愿赐予我
赢得自由的耐心

赐福于我吧
不要让我
成为懦夫
只在成功时
感知你的恩惠

让我能

找到你的手

在我

失败的时候（Gitanjali No.4）（译注：《吉檀迦利》分孟加拉语版和英语版，英语版由泰戈尔从原作中选择部分诗英译而成。这首诗未收录于英语版的《吉檀迦利》中，因此，由冰心翻译的中文版的《吉檀迦利》中也没有这首诗。）

生命是一种恩赐

关于死亡

衰老的下一站便是死亡。由于死亡与贫富、地位、性别、老幼无关，在死亡面前人人平等，所以无论是哪个时代，死亡都是人生的一件大事。最近，人们之所以越来越关心“如何迎接死亡”这个问题，是因为我们已经步入人不能轻易死去的时代。虽然这对我们来说可能是一大幸事，但好不好，现在还不能下定论。

日本人的平均寿命以创纪录的速度增长，是我们不能轻易死去的第一个理由。在20世纪中叶之前的死亡，不仅年龄偏年轻化，而且大多数与急性疾病有关。而如今的情况已与之前大有不同——七成以上的死亡者都在65岁以上，而且很多都是由慢慢侵蚀身体的癌症所致，或者是由没有治疗方法、没有恢复可能的自然衰老所致。

于是，比起治疗更侧重照顾的善终服务医疗，即“如何让人安心地度完余生，如何让人有尊严地死去”的医疗，肩负了新的使命。

村上国男在论文《医之伦理》中，表达了以下想法：

“医学的第一使命是维持和延长生命（寿命），第二使命是祛除苦痛。进入本世纪后，作为医学第三使命的以重回社会为目标的康复医疗，也逐渐发展起来了。接下来，可称之为医学第四使命的迎接死亡的医学、看护垂死之人的医疗，是不是也应该发展起来呢？”

在村上国男看来，在老年医学（gerontology）出现已久的现在，死亡学（thanatology）已成为社会的一大需求。

我们不能轻易死去的另一个理由是，延命操作的出现。

说到过去的夭亡，如果除去战争、天灾、事故等意外死亡，疾病便是导致夭亡的罪魁祸首。因此，在当时，医疗的第一课题是如何预防在天寿尚未耗尽前的死亡。但到了现代，发达的近代医学，已成功研发出人工延长天寿的技术。而这样的结果是，以天寿以后的生命为对象的医疗，也就是人工延命术、苏生术，现正在医院实践。

在被视为神圣不可侵犯的上帝领域不断被侵犯的今天，体外受精自不用说，连选择生男生女都已成为可能。因此，可以说，开展延命操作也是理所当然的事。但问题是，以人的随意想法为基础的过于“热情”的做法，很可能会让我们完全忘了要尊重人权。

莎士比亚在他所写的四大悲剧之一《李尔王》中，写了以下这段话：

“诸神手中的我们，就像是淘气鬼手中的小虫。因为诸神一心血来潮，就会夺去我们的性命。”

距莎士比亚写这部戏剧近400年的今天，否定“诸神”的现代人，在看这篇文章时，应该会发出不同的感慨吧！或许有人甚至会发出“生杀予夺权利的掌握者已从诸神变为人”的感慨。

据说欧洲现在正在考虑将安乐死合法化。这可以说是人想要合法干涉生命的表现吧！与此同时，我们也可以将它视为应对“不能轻易死去的时代”的对策之一。换言之，在医学界寻求维持生命的技术的同时，我们也在寻求以理想的方式放弃生命的方法。

自古以来，日本人便有“视死如归”的生死观。

将去的道路过去虽听过
却没想到是昨日或今日

这是在原业平（译注：平安时代初期的贵族、和歌诗人）的辞世诗句。这句诗寄托了他“与其说是惧怕死亡，不如说是以‘迎接’死亡的态度归去”的想法。

但是，日本人的这种生死观，在欧洲发达的近代医学前，已逐渐发生了变化，人们认为应该与死亡做抗争并战胜它的想法，变得越来越强烈。其实，原本人就具有“想活着”的强大的本能和意志。我曾看到这么一首诗（可能是曾一度有轻生念头的人写的）：

请活下去
　　泉水对我说
　　太阳、森林、小河也说了同样的话

请活下去

野地的小花

小声请求我

或许我们现在需要做的，不是讨论人工延命的对错，而是让人拥有确实“想请人救活自己”的觉悟吧！从事医疗的人，除了拥有“想救活患者”“想让患者继续活下去”的热情外，还应换角度思考问题，让自己拥有“医生也需请人救活自己”的谦虚。

死亡并不意味着生命已经完全结束，死只是其中一个重要的环节，是迈向新生命的连接点。因此，我们应该意识到，让人有尊严地迎接死亡才是理想的状态。只有这样，才能阻止那些让人觉得可怕的延命操作。

关于安乐死

类似于安乐死的处死方法拥有十分悠久的历史。比如在希腊斯巴达，被认为没有生活能力的残疾儿童，人们会以处置弃婴的方式处理；在古代罗马，杀死刚出生的畸形儿，是法律允许的行为；在游牧民族中，有人会为了保证行动自由和确保基本人数，而把病人和老人杀死；在日本也有“弃老山”的传说，据说当时的人将所有“没用的人”都视为淘汰者。甚至有的自尊心强的匠人、武士，当无法操作工具和武器时，会请求别人“同情自己”，把自己杀了。总之，自古以来，在世界的每个地方，当本人或周围人判断“即使活着也没用”时，都有相应的处置方法。

安乐死虽然与这些处死方法类似，但对于因某些原因变成“弱小生命”的人而言，安乐死是否属于温柔的对待方法，现在依然有赞成和反对两种意见。

1980年，天主教会曾在报告中指出：“当施行了必要的治疗，却无法避免死亡，而且只有伴随着危险和痛苦才能维持生命时，允许中断治疗。”这一论述绝不是说天主教会认同安乐死。天主教会想表达的是，他们赞同尊严死，即停止人工临终延命治疗的行为，想排除多余的“手”介入生命。

淀川基督教医院副院长柏木哲夫，是一位因从事临终关怀工作而闻名日本的医生。他曾说：“当患者说‘请允许我去死’的时候，并不是‘请杀了我’的意思，他想说的是‘我现在如死一般痛苦，希望能帮我想想办法’。”

帕斯卡在《思想录》中曾指出：确实我们每个人都期望自己过得幸福，即使是即将上吊而死的人，也是这么想的。因为即使是在临死前，每个人的心中也藏着“想活得比现在更好”的强烈愿望。

数年前，新闻曾报道说，有一位身患白血病的7岁少年，因在美国拒绝安装延命设备而离开人世。据说这位少年的临终遗言是“来生想做个健康的孩子”。

被痛苦折磨却忍受到最后一刻的漂亮死法，最终只能证明你曾漂亮地活过。因为基督教的复活思想，就是这样与人约定的：你在活着期间经历的，一切都不会白费。

最近，大家正在热烈讨论事先由患者写下的关于拒绝延命治疗的“生前预嘱”的有效性。或许这可以说是，不想被可怕的延命操作侵犯自己“弱小生命”的患者，给予自己的最后的“温柔”。

据说在美国的医院，有的晚期癌症患者的病历中会被标注上DNR（不施行心肺复苏术）。这表明医学上否定死、死就是打败仗的以往想法，已逐渐向“成全本人意愿”的观点转变。

我想，应该是即使是在最脆弱的时候，也不想任由他人插手自己生命的这种自我疼爱，促使他们写下“生前预嘱”吧！应该是想有尊严地死去的愿望，促使他们期待自然死亡吧！

超越时空的温柔

边为终有一天会来临的死亡做准备，边活着，我们便能以感谢一切、信赖一切的姿态生活。而这种姿态是一种对待死亡的优雅姿态。

对待他人的死亡，我们是否也能示以同样的姿态呢？

1988年，在印度的加尔各答，住着一位78岁高龄的老修女，她的名字叫“特蕾莎”。她是名为“仁爱传教修女会”的修道院的创始者，她将在被联合国称为“拥有世界最恶劣居住条件”的街道为最贫困的人服务作为自己的使命。最贫困的人，指的是那些不仅物质上贫困，还被人视为“无用之人”“累赘”的人、自认为“活不活都一样”或“或许还是死了好”的人。

身为1979年诺贝尔和平奖获得者的特蕾莎修女，不仅养育因情况不理想而被丢弃的孩子，精心护理被众人嫌弃的麻风病患者，还经常将在路边即将孤独死去的垂死病人带到“加尔各答临终之家”，努力为他们提供临终关怀。

在有人对特蕾莎修女的工作持赞赏态度的同时，也有很多人持有以下疑问：

“要把路边人领回家，为什么不优先将有生还希望的人领回家？将十分有限的医疗和人手花在无论怎么尽力、无论怎么用药都一定会死的垂死病人上，不是白搭吗？不是太可惜了吗？”

如果医疗仅仅是为治愈而存在，那么我们确实可以说提出这样的疑问很是恰当。但是，特蕾莎修女的想法与他们不同：

“对于人而言，延长寿命是件重要的事，但死以及如何更好地迎接死亡，是更重要的事。”

在“加尔各答临终之家”，刚出生便被抛弃、之后一直被社会视为累赘的流浪者，死后便能让人高兴得认为麻烦已摆脱的人，在他们生命的最后阶段，在临死前的数分钟，或数小时，才生平第一次像正常人一样被温柔地对待。

他们被大方地给予从前从未吃过的药，他们受到了从前从未受到过的温暖待遇，他们被洗净了身体，并被询问姓名和宗教。就这样，他们在挽回优于治愈、与治愈拥有不同出发点的“重要东西”后，慢慢死去。

为了让他们在死之前挽回丧失已久的“人的尊严”而使用的药品，我们能说是“白搭、浪费”吗？我们反而应该说这是一种可以让药品发挥最重要、最有效的作用的方式吧！

在这里，人们用无限的温柔对待人的死亡。因为在这里的人看来，只有在他们迎接死亡瞬间时给予温暖的照顾，才是祝贺他们在死后迈向“新生命”的最好方式。

以这样的方式在特蕾莎修女手中死去的人，在咽下最后一口气之前，都会毫不例外地说一声“谢谢”。据说正因为他们都是在感谢中死去，所以特蕾莎修女才有信念继续坚持下去。在我看来，让即使在怨恨别人、诅咒神佛中死去也无所谓的人，在自己的“谢谢”声中死去，是一件非常了不起的事。

在听完“谢谢”后，特蕾莎修女说了这句话：

“It is so beautiful（这场面真漂亮）。”

当时的情景，绝对称不上“漂亮”。因为特蕾莎修女是在苍蝇交错乱飞、怪味笼罩的肮脏的房间中，目睹皮包着骨的将死之人躺在只铺着草席的床上慢慢死去。他们与躺在气派的医院和整洁的病房中、拥有消毒器具和最新医疗器械的将死之人相比，简直有云泥之差。

但是，即使被“漂亮的东西”包围者，即使被施以最新的医疗技术，有很多人还是会在孤独中死去。相比之下，“加尔各答临终之家”的将死之人，一般只用脱脂棉弄湿嘴唇，被握着手，在看护人“这一生过得很辛苦吧，请安静地上路吧”的温柔话语中死去。而这种告别人世的方式，或许才是更富有人情味的死法。漂亮的死亡安排与让什么也带不走的死者在温暖中离去的安排，你会选择哪一个？

特蕾莎修女在第三次访日的时候，出席了在冈山举办的祈祷集会。那天的行程十分紧凑，特蕾莎修女早晨先从东京赶往广岛，在广岛结束一场大演讲后，再在归途中参加祈祷集会。在站台附近，为一睹修女真容，新闻记者等人如潮水般涌来，在修女的周围亮起了数不清的闪光灯，响起了无数按快门的声音。当天晚上，在修

艺术花、塑料花，无论多么好看，都不美丽，是因为只有有限的生命才惹人爱、招人怜惜。

靠自己的力量达成某事时体会到喜悦，完全不同于在得到别人的娇宠时体会到的喜悦。这种不同，或许可以说成是，只知道讲隧道前的光明的人，与在走过漫长的黑暗后终于看到隧道那头光明的人的不同。

女参加教堂集会的前后，以及在与住宿生聊几句后前往位于宿舍的修道院的途中，凡是修女所到之处，都是这种场景。尽管当时身为高龄老人的修女刚刚经历长途之旅，日程安排又是如此之紧，但是每次面对相机，修女总是一脸的微笑。在此期间，修女和作为翻译伴其身旁的我低声说了这么一个秘密：

“我呀，每次闪光灯亮起的时候，快门声响起的时候，都向上帝祈祷，希望某个灵魂能飞升到上帝的身边。”

她说这句话时没有任何架势，言语中满满都是温柔。这句话表露了她想超越时空，祈愿每个人在漂亮地结束一生后在感谢中开始新生命的愿望。

当时，我被这句话深深感动了，心想：“啊，修女真是一点都没浪费啊！”被迫成为世界名人的修女，尽管想努力遵守“不要让左手知道右手所做的事情”这句教诲，但她的所作所为还是被逐一报道出来了。我想这绝对不是出自修女的本意。或许当她看到排成一排的相机时，也十分厌烦。但她没有拒绝，而是将她不情愿做的事作为“与上帝交换条件”的砝码。她不浪费发生在她周围的任何一件

"花的生命是短暂的，而人世的苦难却是漫长的"。为了绽放光芒，我们必须燃烧自己，而想要燃烧自己，我们必须经历"疼痛"和"痛苦"。

夜幕将近。对已逝去的过去，说声“谢谢”，
对即将来临的未来，说声“好”！

“忙”是“心亡”。

事，将她不情愿做的事变成了永远有价值的祈愿。

从修女与我低声说的这句话中，我认识到，那些在“加尔各答临终之家”即将停止呼吸的人，以及在世界其他“临终之家”即将孤独死去的人，都超越时间和空间得到了修女给予的“温柔”。当我意识到这一点的时候，我被深深地感动了。

或许我们可以说，这是一种效果与和临终之人握手相同，或者甚至远高于握手的超越时空的温柔。这种祈祷的最可贵之处在于，她是在她在听不到感谢的语言、看不到且不知道实际结果的前提下进行的。

柔和和谦卑，正是我缺少的东西。

实际上，时间的用法，即生命的活法。

罪过

当幼时丧父的我们做了什么坏事，母亲便让我们跪坐在佛龛前，边说“你们想想，你们这样，父亲有多伤心”，边催促我们反省。

这是一句比长时间的教诲更能打动孩子内心的话。

鲁思·本尼迪克特（译注：美国当代著名文化人类学家），在第二次世界大战中，写了一本名叫《菊与刀》的书。在这本书中，她将称为“耻感文化”的日本文化，与西欧国家的“罪感文化”进行了一番对比。

如果罪过是我们对上帝或其他超越人类的存在犯下的，那么过去主要约束我们日本人的道德生活的确实都是“人”。比如很多时候我们都因“考虑别人的看法”“害怕

人的一生，不过是众多“此刻”的累积，而人生是否充实，并不在于它的长度，而在于它的密度。

每个人都是重要的存在。

也可喜，也不可喜。

名声不好”而谨言慎行。

这一点到今天也没怎么变。当恶行败露的时候，我们先说出口的往往是“骚扰了周围人，对不起”，而不是“做了坏事，对不起”，便是最好的证据。这种表现也证明了本尼迪克特所说的“耻感文化”是正确的。在“要是没有骚扰到周围人就好了”这种感觉的背后，隐藏着“如果没被发现就不管”的“狡猾”和浅薄的负罪意识。

我记得，在这种环境中长大的我，初次去教会学校上学就被告诉“无论什么，连你心中的想法，上帝都知道”时，我的心里充满了恐惧，感觉无法接受这一点。

“什么是罪过？”

这是一个很难回答的问题，而且答案也应该有很多吧！但仔细想想，“罪过”和小时候母亲经常说给我听的“让上帝悲伤的事”不是很相似吗？因为我们都是上帝的孩子。

在“别人看得见”的地方，我们可以看到花的率直一面，而在“别人没看见”的地方，我们可以窥见花的强大。正是这种平衡，创造出了美丽的稳定性。花的这种姿态体现了并非不理睬他人的评价，而是不拘泥于他人评价的自立之美。

若没有爱，无论做了多么伟大的事，也等于零。反过来我们可以说，若我们能将爱倾注在小事上——无论多么小都没关系，便是值得尊敬的人。

每个人都是重要的存在

在我兼任附属幼儿园园长期间，在入园面试的时候，当妈妈们被问“为什么选择我们幼儿园”时，很多人都回答：“因为我觉得，把孩子放在带宗教性质的幼儿园，将来孩子便能拥有心灵的支撑点。”这个回答让我至今印象深刻。

那么，到底什么是“心灵的支撑”呢？可以支撑心灵的如杠子一样的东西，在我们摇摇欲坠时可以扶住我们的东西，我们是否真的拥有呢？在迄今为止的生活中，我曾多次离倒下只有一步之遥。每一次，确实都是支撑我心灵的东西救了我。对于我而言，“活着的自信”便是支撑我心灵的东西。“可以接着活下去，我还没到被社会抛弃的地步”等想法以及类似想法，在我陷入痛苦之时，在我内心无力时，给了我强大的支撑。

重要的东西，只有用心才看得清

常常有人对我说：“您每天过着修道生活，肯定有寂寞的时候吧！”我认为这是他们对我的同情，因为他们觉得我不能与称之为“丈夫”“孩子”的人共同经营家庭生活。那么，人是否只要拥有家庭生活，就能一直心满意足地生活呢？答案是“未必”。相反地，不少人反倒因此而痛苦。

特蕾莎修女初次访日时，穿着布料粗糙的纱丽服。她在富有现代化气息的池袋太阳城60大厦（译注：建于60年代的日本第一座摩天楼）的一个房间里，说了以下这句话：

“日本确实是一个经济发达的国家。但是，如果在家庭中，夫妻间不互相安慰，亲子间没有笑脸，那么我不得

最先踏出难以踏出的一步的人，就是具备真正勇气的人。

不说，这种家庭比印度的贫困家庭更贫困。”

气派的街门、配有车库的宅院、价格不菲的家具、种类繁多的家电，未必就与家庭的“真正富裕”有关系。如果在家庭生活中缺乏最基本的爱——家人之间的温暖纽带，那么这个家庭比只拥有牢固的感情纽带、住在临时窝棚中的印度贫困家庭，过着更加穷苦的生活。

“重要的东西，用眼睛是看不见的，只有用心看才能看得清。”

这是“小王子”（译注：法国作家安东尼·德·圣艾修伯里于1944年撰写了短篇小说《小王子》，“小王子”是该作品中的主人公）对人类提出的警告。当家庭内部没有“爱”的时候，当家庭成员间不互相体贴的时候，当你回家感觉不到轻松和温暖的时候，无论家中有多少物品，真正的家庭生活都与你无缘。

因此，只要生活中不缺乏以上说的这些要素，即使没有血缘上的联系，过着修道生活的人也能拥有不错的家庭生活。

成熟的可贵

想必谁都不愿意变老，可有一次，我读到了这样的句子：“请别夺走我的岁月，因为岁月是我的财产。”

读到这句话后，“让自己的岁月成为财富”的想法开始在我心中萌芽。就这样，我再一次意识到，我应该活出自我，应该珍惜时间，必须让自己成长。

身体的成熟或许会告一段落，人性的成长却永不止息，并理所当然。此时的成长与其说是长大，不如说是意味着成熟。

剪去冗余的枝叶以使身心轻松、抛却任性与执着，回归本真、谦虚倾听他人的话语——这些都应该是“成熟”的可贵之处。

或许不边想着“我要成为受欢迎的人”边生活，才是我们应该做到的最重要之事。虽然我们也没必要抱着“想被人讨厌”的想法生活，但最好不要持有想让所有人都喜欢你的想法。因为迎合众人的结局是“迷失自我”。

在岁月的沉淀里，你还会渐渐懂得：这个世界绝不会与自己的想象完全一致，每个人各不相同，人与人之间需要理解和原谅。若是能体会这一切，并怀着喜悦、虔诚和感激生活，你也就真真切切地“成长”了起来，你的岁月便成了财富。

成长和成熟都伴随着痛楚，因为那是与自己的战斗，以自我的涅槃为目标。就像一粒麦子，只有在落地死去时，才孕育出新的生命，而它本身也在新生命中得到了延续。

四国诗人坂村真民80岁时写下了这样一首诗：

原来
老去可以这样美
衰老……
就像垂柳
自然地低了头

如“老丑”一词所示，老人总容易被认为是丑陋、衰弱、可悲的。特别是当下，在这个崇尚青春、渴望强大的社会中，丧失了这些价值，人们容易看不起衰老。

不知不觉，我也已经85岁了。坦白讲，我无法像坂村真民先生那样，欣赏老去的美好。我只是切身体会到了年轻时不曾感受的日子的重量，从心底感到“能在这世上多活一天，有今天真好”。我无奈却也清楚地明白自己的衰弱，曾经能做的事现在已不能完成。不知何时，我已习惯了谦卑地向他人低头。

这种从自己身体里涌现的感恩和谦卑，或许会成为“光芒”。那不是年轻人拥有的活力四射的光芒，而是长年累月积攒的旧银之光。

失去一些，就会获得另外一些。年轻时能做的事渐渐力不从心，这并不一定就只代表悲伤，还意味着即将创造出新的什么。今天永远是最年轻的一天。那么，就把今天当作我生命中最年轻的岁月，绽放生命的光辉吧。这才是老年人的挑战。

将每一天看作“我最年轻的一天”，绽放生命的光辉。变老并不可悲，挑战新的精彩，永远活得耀眼。

爱的成长

有一天，我的一个学生拿着一张她丈夫的照片来找我。她丈夫刚刚只身到美国工作去了。照片中，她的丈夫和几个男女朋友正在开心地说着什么。

“太好了，他好像已经习惯了那里的生活了。”一听我这么说，这个学生表情严峻地说道：“我又不在他身边，竟然还过得这么开心，简直不可原谅。”他们的恋爱和婚姻都曾遭到父母的强烈反对，当时结婚还不到一年。而如今作为妻子的她的话语间流露出的与其说是寂寞，更好像是愤怒。

我觉得爱真的是一件了不起的事。但是，真心去爱的时候，随之而来的是痛苦。和没有爱人时的寂寞不同，这

允许对方有只属于自己的世界，保持相应的距离，并用对爱的人的信任将这种距离填满，这就是成长了的爱。

是因爱而生的寂寞和痛苦。

自己不在爱人的身边，而他（她）每天却过得非常快乐。生气的同时，流露出来的却是“没有我的幸福是不能被允许的”占有欲和嫉妒。

为了能做到“即使没有我也要幸福开心”，需要深深的信赖和爱。此外我觉得还需要加上自立的心，也就是坚定心中那个“没有那个人，也能快乐地活下去的我”。尽管我们都希望能轻轻松松地过一辈子，但是，我们必须明白想把自己爱的人一直留在身边是根本不可能的事。

为了爱，就要学会一个人。“寂寞是爱”（loneliness is for loving）看上去好像很矛盾，但却是事实。

无论是父母对于子女的爱，还是夫妻、恋人、朋友之间的爱，都需要有这样的觉悟。为此，我们要明白每个人都是不一样的，无论谁都不是自己的所有物。

记得曾经因为在书中看到过“让爱解放”的标题而感到困惑。哪个时候的我认为，相爱的话，就应该希望把爱的人绑在身边，自己也甘愿被爱的人俘获。

然而真正成熟的爱应该经历从“束缚之爱”到“解放之爱”的成长。当我意识到这一点的时候，我已经历了许久的心理斗争。为了让爱能够长久持续，“信任之爱”是必不可少的一部分。

爱也是需要成长的。这种成长是从总想两个人合二为一，总想看清爱的人的所思所想、爱的人的世界的这种爱渐渐蜕变的过程。允许对方有只属于自己的世界，保持相应的距离，并用对爱的人的信任将这种距离填满，这就是成长了的爱。

心是一切温柔的起点